魔豆

織女

VOL. 01

百瘴之夜

醉琉璃——著

織女 01

目錄

楔子

一刻覺得自己大概是在作夢。他這幾天不應該那麼勤快地大掃除，耗費了一堆力氣，現在出現幻覺。

沒錯，這一定是幻覺。

染著一頭張狂白髮、雙耳上掛著多個耳環的少年鐵青著臉，看著此刻出現在眼前的景象。

如果不是幻覺的話，又有誰能告訴他——爲什麼晚間十點多，會有一名手短腳也短的七、八歲小丫頭，雙手扠腰，一臉高傲地站在他二樓房間的窗台上！

「你就是宮一刻吧？」穿著滾邊小洋裝的幻覺說話了，昂起尖尖細細的下巴，軟甜的聲音聽起來卻是異常眞實，「聽好了，妾身找你是爲了報答先前的恩情，妾身可不是不懂回報的人物。所以，你就懷著感激的心情接受妾身的報恩吧！拒絕什麼的一概當作沒有聽見！」

「……啊？」或許是這穿著洋裝、口吐奇怪自稱詞的幻覺實在太過眞實，所以一刻忍不住回了一個狐疑的單音，飽含警戒的眼神則不敢大意仍停在對方身上。

這一看，一刻才赫然發現，黑長髮的小女孩居然不是眞的站在窗台上。他沒有看錯，那雙腳……是懸空的!?

「啊什麼啊？你的反應不要像鸚鵡一樣無趣好不好？」

小女孩的眼裡明明白白地傳遞出鄙夷的意味，下一秒，她左臂一伸直，食指直指渾身不良氣息、卻擁有粉紅色房間的白髮少年。

「妾身不是說了嗎？妾身是來報答你的恩情。兩個小時前你救了妾身一命，因此妾身就決定了要欽點你來當妾身的直屬部下，打擊這世界所有吞噬人心的妖怪！讓吾等一起爲了業績、爲了高額的年終獎金而努力吧！美好的未來就在前方等著吾等！如何，有沒有覺得感激涕零？以上，就是妾身，就是高貴無比的織女大人對你的恩情回報！」

一刻沉默地看著面前得意洋洋的女孩，接著他離開擺著一堆布偶的床鋪。他站了起來，朝那名自稱是什麼織女大人的小女孩走去，他在心裡懊惱著自己怎麼沒有一開始就採取這行動。

沒錯，管他是不是幻覺，他都應該——

「幹，神經病！」宮一刻動作俐落地關了窗、上了鎖，還不忘一把拉下窗簾。最後他感到無比神清氣爽地深吸一口氣，覺得這世界頓時清靜了。

只可惜這份清靜維持不到一分鐘，隨即窗外就傳來砰砰啪啪的拍打聲，還有小女孩氣急敗壞的尖叫。

「宮一刻！宮一刻！你快打開窗戶！妾身眞不敢相信，你居然如此無禮？宮一刻！」即使是玻璃窗和窗簾也不能隔絕小女孩的尖聲叫嚷。

一刻摀住耳朵，視線移到床上。他沒有太多猶豫，馬上把自己扔到床鋪上，再用厚實的棉被蓋住頭，設法阻擋噪音的干擾。

這是幻覺、這是幻覺……世界上哪來什麼織女？那不過是爲了七夕情人節而虛構出來的神話人物罷了。

一刻在心底告訴自己，然而他的思緒卻在不知不覺中飄回了兩小時前。

所有的事情，似乎就是從那個時候開始出現不對勁的……

第一針

一地的垃圾。

當然，這些垃圾都還是有各自的名字的。例如喝光的啤酒罐、一堆乾癟的零食袋、揉成一團的衛生紙，或是不知道要幹什麼用的廣告單。

剛洗完澡、從浴室走出來的宮一刻深深地吸了一口氣，極力壓抑著額角青筋的跳動。他的視線快速地掃了那些亂七八糟的東西一圈，最後盯住置身在中央位置的巨大物體。

學名上是人類女性，別名是一刻堂姊的宮莉奈，正用單手支住腦袋，橫躺在地上看電視，不時爲綜藝節目發出哈哈大笑，渾然沒發現寄住在這的堂弟已經一臉鐵青，手用力地握成拳。

一刻告訴自己要冷靜、要冷靜，打從當年因爲父母雙亡而被宮莉奈收留的時候起，他就已經知道這位堂姊的生活自理能力有多麼地低能，製造垃圾和弄髒環境的能力又是多麼地強大。

所以，只不過是半小時前整理乾淨的客廳被弄髒而已，一點也不需要……在……意……

不在意才有鬼！

「宮莉奈，我說過多少次了！不准直接坐在地上吃東西！」一刻抓過還沒有綁起來的垃圾袋，趁宮莉奈被嚇了一跳忘記反應的時候，立刻迅速地將那些放眼能看到的垃圾全掃了進去，「妳都三十歲了，再不改改妳這些習慣，總有一天眞的會嫁不出去的！」

「不是三十歲，明明就是二十九歲又十一個月又三十一天……」被訓一頓的宮莉奈爬了起來，沒有用鯊魚夾夾緊的一頭長髮頓時全部散下，襯得那張白淨的臉龐更添稚氣。如果她不主動曝露年齡的話，或許還會被人當作是剛畢業的大學生。

一刻的動作頓了一下，他毫不掩飾地朝自己的堂姊扔記鄙視的眼神。三十歲就三十歲，還堅持是二十九歲又十一個月又三十一天做什麼？

不再理會那名能夠臉不紅氣不喘地說出這番話的女性，一刻繼續收拾。再過十分鐘垃圾車就要開到巷子口了，他可不想讓三大包垃圾留在家裡發臭。

「嫁不出去也沒關係，反正還有小一刻會照顧我嘛。」宮莉奈連電視也不看了，她朝著一刻撲過去，一把抱住他的腳，也不管自己是不是正在妨礙對方工作，她知道堂弟向來就是刀子嘴豆腐心。

果然，就算一刻的額際狂冒青筋，卻也沒有眞的狠下心，將纏著自己的巨大障礙物一腳踢開。

「小一刻眞的變成好男人了，不枉費我這些年來的照顧和教育……」宮莉奈露出陶醉的笑，仰頭望著緊皺眉頭的白髮少年，「啊，那顏色染得眞不錯，我眞是天才。」

宮莉奈不提還好，這一提起，一刻只覺得有滿肚子的怨氣湧上。這些年來到底是誰在照顧誰？托她的福，他的家事技能都已經（被迫）快修到九十九級了！

還有這頭該死的白髮……

「我當初明明是叫妳幫我染咖啡色的，莉奈姊。」一刻用力地將啤酒罐捏扁，粗魯地塞進資源回收的垃圾袋，「妳知不知道這顏色給我惹來多少麻煩？」

「因爲這顏色比較適合小一刻咩，你們學校也沒髮禁……」宮莉奈無辜地眨下那對濃密的睫毛，「而且小一刻的麻煩有一半都是自己惹來的。喏，你看你的手機吊飾。」

宮莉奈昂了下下巴，示意一刻低頭看看滑出自己口袋外的飾品。那是外形極爲可愛的小熊和小花，中間還垂掛了幾串彩色珠子。

但是這年輕女孩風的手機吊飾，卻是出現在眉眼凶狠、染著白髮、還掛著多個耳環的宮一刻身上。

「你自己說，小一刻，你有多少次是被人嘲笑身上帶這麼可愛的東西，而和人大打出手的？」

「囉嗦，老子就是喜歡這種可愛的東西不行嗎？」一刻臉一熱，惡狠狠地瞪了還抱著他腳的堂姊，「是那些白痴不懂欣賞。」

「我沒說不可以啊，小一刻喜歡什麼就喜歡什麼嘛。」瞥見已經快要八點半，偶爾難得反省一下的宮家大姊露出討好的表情，「垃圾我也幫忙倒吧，每一次都是你，太辛苦了。」

「謝謝，不用，免了。」一刻卻是毫不猶豫地拒絕宮莉奈的自告奮勇。他上下地瞄了披頭散髮、身穿大花睡衣的堂姊一眼，覺得說什麼也不能放她出去。這模樣要是讓其他人見了，大概就眞的嫁不出去了。

眼見遭受拒絕的宮莉奈似乎想不滿地發表長串的抗議之辭，一刻隨手從桌上抓過他本來要喝的牛奶，塞到她手中，再伸手摸摸她的頭。

「乖，在家看電視，不要亂跑。有陌生人來推銷東西也不要隨便開門，我去倒垃圾了。」

輕鬆地安撫了堂姊後，一刻兩手拎著三大包垃圾，踩著拖鞋準備到巷口等候垃圾車。

一刻和莉奈住的地方，垃圾車向來是晚間八點半左右來收垃圾。

也因此，明明已經入夜，小巷裡卻格外熱鬧。不時可以看見有人提著垃圾袋從家裡匆匆忙忙地跑出來。

當一刻到達巷子口時，那裡早已有不少人在等待了。

然而一見到白髮少年的出現，那些原本互相話家常的人們頓時都閉上嘴。過了一會，才又重新交談起來，只不過聲音卻都變得比先前細小，有種不自然的氣氛。

甚至還有帶著小孩一起出來的媽媽，拉著自己的孩子，盡量小動作地從一刻旁邊移走，和他拉開了一些距離。

這些一刻都在看在眼裡，不過他沒有在意，他早就習慣周遭人看見自己的反應了。何況他們會想保持距離也很正常，誰教自己好幾次在這打架都被鄰居們撞見。

等垃圾車的時間是無聊的，雖然耳邊已能聽見那首等同是通知歌曲的「少女的祈禱」，但按照以往的經驗，可能還要再五分鐘，車子才會開到他們這個巷子口。

一刻打了個哈欠，才八點半，他卻覺得已經有些想睡了，或許是連日來的家中大掃除耗費掉太多體力的關係。

驀地，一刻睇起眼，看見對面馬路旁的便利商店打開門，有抹嬌小玲瓏的人影走了出來。是名約七、八歲的小女孩，身旁不知道爲什麼沒有大人陪伴，一頭長髮黑得像是能發光一樣。一刻想，要是廣告商找她去拍洗髮精的廣告，絕對非常有說服力。

一刻會注意到這小女孩，當然不是因爲她的頭髮。小女孩細眉大眼，襯著巴掌大的白皙小臉，加上一身滾邊的粉色小洋裝，活脫脫就像洋娃娃般可愛。

雖說氣質凶惡、外表凶狠，但是宮一刻其實相當喜歡可愛的東西。那洋娃娃般可愛的小女孩讓他忍不住多看了幾眼，心裡則是想著，等以後交了一個可愛的女朋友，結了婚，也要生一個這麼可愛的小女娃。

宮一刻的內心想法非常純潔，只不過他的那副外表加上猛盯小女孩的眼神，頓時讓等著倒垃圾的人們心頭齊齊爬上了寒意，想著這不良少年該不會那麼禽獸，連個小女孩都想欺負。

天可憐見，一刻同學到現在連個女朋友都沒交過，也從來不曾牽過女孩子的小手，怎麼可能存有如此齷齪的心思。

「少女的祈禱」突然變得越發響亮起來。

一瞧見閃著黃燈的垃圾車慢慢接近，包括一刻在內，巷子口的所有人登時都忘了原本所想，他們提起垃圾袋，趕緊朝垃圾車的尾端擠去。

一刻仗著自己年輕腿長，身手俐落地擠到了最前端，將三大包垃圾扔進垃圾車裡，他的任務終於宣告結束。

從人群裡擠了出來，一刻拍拍雙手，想著要趕快回家，以免自家堂姊又捅什麼婁子——上星期她因爲想洗衣服，結果竟倒了大半盒洗衣粉進去——一面回頭朝對邊馬路望去，想在離開前多看那名可愛的小女孩一眼。

一刻這一看，確實看見了，但他的心跳也幾乎停止了。

穿著滾邊小洋裝的小女孩居然正專心舔著棒棒糖，完全沒注意到馬路上的來車！

那小鬼是想找死嗎？一刻在這住了好幾年，當然清楚這地方因爲未設紅綠燈的關係，車輛往來的速度向來比其他路段快，有些司機開車甚至就是擺明了不長眼。

「喂！不要亂闖馬路！」一刻想也不想地掉轉方向，他跑向馬路，對著快走到路中央的小女孩吼道。

聽到聲音的小女孩抬頭，下意識停下步伐，一臉詫異不解地望著對面的白髮少年。

一刻差點氣結。他是叫她不要闖，不是不要走啊！

在心裡咒罵了幾聲，一刻乾脆大步一跨，打算自己去拎過小女孩，省得他在旁邊看得心驚膽跳。卻沒想到他剛剛踏上馬路，右邊黑黝的路口便無預警地竄出一束刺亮的黃光，切碎了黑暗，朝著馬路上的小女孩疾速逼近。

有車開過來了！

而且那駕駛不知道是怎麼搞的，車子歪斜行進不說，彷彿還沒看見路上有人，車速絲毫沒有減慢。

車燈照上了小女孩呆滯錯愕的臉，望見這一幕的旁人尖叫出聲。

一刻衝了出去。

夜間的馬路上有什麼被撞得飛起了，歪斜行駛的車輛一頭撞上路旁的電線桿，發出震耳嚇人的巨響。車子的引擎蓋凹成扭曲的形狀，冒出了白煙。駕駛座上的人一頭埋進安全氣囊裡，也不知道是醒著還昏著。

而在馬路的斜對邊，白髮少年懷抱著小女孩，像尊破敗娃娃般癱倒在地，雙眼緊閉，暗紅色的液體正慢慢自他的頭部底下滲溢出來。

馬路旁側一片死寂，只有「少女的祈禱」彷彿不知止息地繼續響奏著。

所有車禍目擊者全都一臉呆然，似乎一時間不知道自己的眼前究竟發生了什麼事。

但很快地，尖叫聲和咆哮聲猛然從人群中爆了開來，霎時人群騷動。

「救護車！快點叫救護車！」

「有誰認識這兩個孩子的?快點去通知他們的家人!」

「天哪,那兩個孩子該不會都……」

「有人打電話了嗎?快點叫救護車過來!」

就連站在垃圾車上的清潔隊員也顧不得工作,好幾名大男人跳了下來,急匆匆地分別朝白髮少年和扭曲的車子跑去。

原本待在便利商店的人們聽見了那聲巨響後,也紛紛跑了出來觀看究竟。在發現是車禍事件後,有人倒抽了口氣,有人別開臉,有人急忙加入撥打「一一九」的行列。

兩名清潔隊員跑近了白髮少年的身邊,他們注意到少年頭部正在出血,不敢亂移動少年,只能焦急地喊著。

「喂,小弟!你聽得見嗎?」

「你還好嗎?」

少年毫無動靜,僅有微微起伏的胸膛證明他還活著。緊接著,被他攬抱在懷中的嬌小身軀動了一下。

一名清潔隊員眼尖,連忙想察看小女孩的傷勢。但是抱著小女孩的那雙手卻好像用上了全部的力氣,難以輕易拉開。

怕加重少年的傷,清潔隊員不敢動作太大,只能小心翼翼地用力使勁,費了一番工夫才將少年的手臂拉開。

「小妹妹，妳有沒有受傷？」清潔隊員輕輕地推晃了下小女孩的背部，試探性地喚著。然而這細微的舉動，卻讓那具嬌小的身軀猛烈一震。小女孩猛地轉過頭來，小臉上連一點傷痕也沒有，大大的眼睛裡滿是驚魂未定的驚恐，似乎剛剛發生的事把她嚇傻了。

「天啊，這孩子好像沒事……」另一名清潔隊員難掩吃驚，他一把抱起像是回不過神的小女孩，將她放到一邊安置著。

隨即又有一人跑了過來，牽起小女孩的手，想把她帶到旁邊去。

「小妹妹，我們到旁邊休息，救護車很快就來了。妳的爸爸媽媽……小妹妹！」才剛牽起小女孩的手，那人卻沒想到小女孩會用力甩開，然後頭也不回地朝另一邊跑去，一下子就鑽進小巷裡沒了蹤影。

蹲在白髮少年身旁的兩名清潔隊員顯然也沒想到會發生這事，他們呆了一下，但心思很快就不放在她身上了。既然還有力氣跑的話，看樣子應該是沒什麼大礙。

「喂，救護車還沒來嗎？」

「來了來了，已經在路上了！這邊這一個的情況看起來也不樂觀……天呀！居然還是個未成年駕駛！」

在清潔隊員們互相高喊的時候，忽然之間，其中一人聽見微弱的呻吟。他嚇了一跳，趕忙低下頭去。

原以爲應該昏迷的白髮少年睜開了眼睛。

一刻有點想不起來發生了什麼事，他看見兩名穿著清潔隊制服的男人蹲在自己的身邊，他狐疑地瞇了下眼。

清潔隊隊員沒事幹嘛跑來他身邊？他們不是在收垃圾嗎？

少年無預警的甦醒使得兩名男人鬆了口氣，可是他們萬萬沒想到少年接下來的舉動，竟然是罵了聲髒話，像是什麼也沒發生過地從地面爬起。

「喂，等一下！你不能隨便亂動啊！」其中一名清潔隊員連忙想阻止對方這不智的行爲，可是手還沒拉住對方，就讓人不客氣地打開了。

「啊啊？老子高興要動干你們屁事啊！」一刻不悅地擰起凶惡的眉頭。驀地，他的視線頓了一下，停在想拉住他的那人的胸口，他看見有一截極短的黑線從衣服裡跑出來。

「小弟，你剛可是被車撞了，等等救護車就會來了。」另一人幫腔道。

被車撞了？一刻的腦袋空白了幾秒的時間，他瞬間回想起來了。

那個走路不看路，只顧吃棒棒糖的小丫頭！

「那小鬼呢？那小鬼有事嗎？」一刻迅速抓住那名說他發生車禍的男人，然後又注意到對方的心口處也有一條黝黑的線從衣服裡跑了出來，只不過這線比另一人稍長一點點。

……他們的政府是有這麼窮嗎？連清潔隊員的衣服都能偷工減料？

「那孩子……那孩子剛跑走了……」被抓住手臂的男人因爲那凶狠的眼神而嚇了一大跳，結巴地說著。

一聽見那小女孩沒事，一刻安心了，他鬆開手，就想繞過這兩人往回家的路上走。再不回去的話，莉奈姊會擔心的，他一點也不想看見一名三十歲的女人抓著自己哭哭啼啼。

「慢、慢著，你不覺得有哪裡不舒服嗎？你可是被車撞了！」眼見一刻居然不等救護車到來，就要自顧自地離開，最開始想拉住他的清潔隊員不敢相信地問著，「你看，你的頭還在流血！」

一刻愣了一下，他停下腳步，反射性地往後腦摸去，眞的摸到半乾的黏稠物。一刻將手移到眼前，映入眼中的是暗紅色的液體。

「小弟，你還是先等救護車來比較好。」

圍觀的群眾裡有人這樣勸說，但是在對上宮一刻猛地望過來的視線，對方就像是被那凌厲眼神嚇到，又慌慌張張地退回人群。

事實上，一刻並不是眞的在瞪視對方，只因爲在抬眼看向發話者的時候，卻發現對方的胸前也有一條黑線露了出來。

一開始，一刻還能將從那兩名清潔隊員衣服裡跑出來的黑線，當作制服被偷工減料；但是在他看向人群之後，這個念頭頓時就像泡泡般迅速破碎。

雖然不是所有人，然而當部分人的衣服上都跑出了黑線後，一刻只覺得眼前的畫面真的是詭異到了極點。

短T、雪花衣、格子襯衫……從那些衣服上跑出來的黑線同樣地黝黑，差別只在於長短。

由於一刻的眼神實在太過尖銳，原本圍在周邊的人們不自覺地往後退了一步，就連離他最近的兩位清潔隊員也緊張地猛吞口水。

一刻甩甩腦袋，以為是自己不小心撞到頭，所以出現了幻覺，渾然沒注意到他這個舉動又引來了人們的驚呼。

其中一名清潔隊員連忙結結巴巴地開口，「小弟，你……」

但是一刻並沒有讓他說完話，反倒是飛快地掃了圍觀群眾一眼，又低頭盯著那抹暗紅一會，然後猛地握住拳頭，忽然頭也不回地往前走。

沒想到少年就這麼離開的人們頓時呆住，他們忘記開口阻止，彷彿難以置信地互望一眼。他們方才確實親眼目睹白髮少年被車子撞飛，但是、但是……被車子撞飛落地的人，能毫髮無傷嗎？

「該、該不會，剛剛撞得其實沒有很大力……」

一人吶吶地問道，但馬上遭來同伴的反駁。

「怎麼可能！你是沒看到那輛車都撞成那德性了嗎？」

所有目擊者幾乎都抱持著相同的想法：那名少年……眞的有被車撞到嗎？爲什麼看起來一點事也沒有……可是他們分明又是親眼看到他被撞飛，那頭白髮還染著嚇人的血……

將那些帶著疑惑驚訝的竊竊私語拋在後方，一刻大步穿過那些圍觀人群。誰也沒有注意到他沾有血漬的拳頭是越捏越緊，指關節狠狠地收了起來。

一刻抿著嘴唇，神情是說不出的鐵青。尤其當他又陸續從部分迎面走來的人們身上看到了細細的黑線之後，表情變得越發難看。

他低下頭，不願再迎上那些與他擦身而過、發出驚呼的人們，急急轉進通往堂姊家的巷子。

一進巷子裡後，一刻的腳步漸漸加大、加快。當他聽見遠處救護車的鳴笛聲逼近後，他的身體一震，立即三步併作兩步地狂奔起來。

一刻跑得又急又快，簡直就像是身後有什麼毒蛇猛獸在窮追不捨一樣。

不到幾分鐘，一刻便跑回到家門前。他大口大口地喘著氣，向來給人天不怕地不怕的凌厲眉眼，在路燈照耀下，卻是染著一絲心慌。

一刻又深深地吸了一大口氣，他張開一直被他捏著的掌心，上頭沾到的血水差不多已經乾涸，他戰戰兢兢地再伸手往自己的後腦摸去。

眞的不會痛，而且還摸不到傷口。

一刻不是傻子，他還記得自己是被一輛壓根沒有減速的車子撞到。雖然在被撞的瞬間，自己的腦海一片空白，緊接著還斷了意識……可是他的身體絕對不可能連一點傷也沒有！

問題是，現在別說四肢都安然無事，就連他的後腦勺，明明就染著血了……爲什麼卻沒有傷口!?

這是怎麼回事？難道說他被撞的事，只是一場幻覺？

去他媽的，最好有辦法一群人集體幻覺。

還有那些詭異的黑線——

一刻捏緊拳頭，將先前所見的詭異畫面甩到腦後，極力讓自己冷靜下來。他現在這副頭髮沾血、衣服髒污還擦破的模樣，可不能在巷子裡待太久，也絕不能讓莉奈姊給撞見。

衣服或許還能找個理由糊弄過去，但那些血漬……一刻再次深深怨恨起這頭白髮。別說什麼掩飾了，沾了血根本就是超顯眼！

一刻暗暗咒罵一聲，他沒有浪費太多時間思考，他繞到另一面牆，那裡正對著自己的房間。趁著四下無人經過，一刻手腳俐落地攀上牆，爬上緊鄰自己房間的大樹，成功地從窗戶回到了自己的房間。

這事一刻已做得很熟練了，有時候帶傷回來，怕莉奈姊擔心，他都用這種方法偷偷回房。一踏進房內，一刻趕緊換衣服，再衝到浴室把頭髮上的血跡洗掉。確定外表不會洩露跟車禍有關的任何痕跡後，他這才重新下樓，去向宮莉奈報備自己已經回來了。

宮莉奈還是坐在客廳的地板上，不時因爲電視上的綜藝節目而發出誇張的笑聲。

「莉奈姊，妳怎麼還坐在地板上？」一刻眉頭皺起，不太高興地斥喝道：「還坐這麼近，妳是想眼睛爛掉嗎？」

「啊咧？小一刻你是什麼時候回來的？我怎麼沒有聽見開門聲？」發現堂弟歸來，宮莉奈扭過頭，像無骨動物般地爬近了一刻身邊，一把抓住他的腳，「對了，你出去的時候，蘇染和蘇冉都有打電話過來喔。」

「一定是妳看電視看得太專心才沒注意到。電話我晚點會再回……是說他們不會派個人當代表就好嗎？幹嘛非得兩個都打一通……」一刻嘀咕著，對這兩位朋友的行爲老是捉摸不透。

蘇染和蘇冉，這兩人是一刻自小就認識的朋友，既是姊弟更是雙胞胎，和一刻的交情都極爲要好。只是一刻常想不透，爲什麼他倆有事總不喜歡一併說完，而非得要各自分開講？

「好了，莉奈姊，別抱著我的腳，回椅子上看電……宮莉奈，妳幹什麼啊！」一刻猛然發出驚叫，那名抱著他腳的女子竟然猝不及防地撐起身，改爲將他的身體全部攬抱住。

「哼哼哼，小一刻，你還眞的當我什麼也沒發現嗎？」宮莉奈用力固定住一刻的身體，不讓他隨意亂動。她將自己的臉貼近了一刻，一雙眼睛像探照燈似地，緊盯他不放。

一刻僵著背，心中冷汗直冒。

「你換了衣服，又重新洗了頭……說，你該不會是倒垃圾時發生什麼事了？」宮莉奈用雙手捧住一刻的臉頰。

一刻忍不住咒罵起堂姊的難得精明，還來不及辯駁，宮莉奈已經搶先一步地行動。

「不對，你還是什麼都不要說，我親自檢查。」宮莉奈一邊義正詞嚴地這麼說，一邊毫不客氣地對著自己的堂弟上下其手，這裡摸摸、那裡摸摸，還不忘翻看那一頭炫白的頭髮。

可是，什麼也沒找到。

「咦？難道是我猜錯了嗎？」瞧見一刻的身上連點傷也沒有，宮莉奈頓了頓，越發地迷糊起來。

「是妳猜錯了、妳猜錯了。我只是被別人垃圾滴出的水沾到，臭得受不了，才又去洗一次澡、換一次衣服的。」利用這個機會，一刻抓住宮莉奈的手，原本正準備強迫將她轉向電視機，但是他像是突然想到什麼，忽然低下頭，直瞧著宮莉奈的胸前不放。

那件印著紅艷大花的睡衣上，並沒有看到任何黑線。

一刻頓時鬆了口氣，只是等他抬起頭的時候，卻看到宮莉奈正笑咪咪地望著自己。糟糕的是，那張清麗的臉蛋上竟然露出了如同色老頭般的笑。

「呼呼，我們家的小一刻也到了會偷瞄姊姊胸部的年紀了啊。」

「靠！誰偷瞄妳胸部？」一刻氣急敗壞地反駁。他只是想確認一下那些黑線是不是自己的錯覺，但是此刻面對宮莉奈不懷好意的表情，一刻立即將先前發生的事都拋到腦後。

「一刻你就不要害羞了，姊姊我很大方的。」宮莉奈笑嘻嘻地挺起胸膛，那副模樣就像是笑得猥褻的中年怪叔叔。

一刻翻了個白眼，連對話的欲望都沒有便迅速轉身，往樓梯的方向走去。

「咦咦咦？小一刻，你確定不要多瞄幾眼？青春期的男生都嘛會這樣，你就光明正大地表現出來吧！」

「誰理妳啊！」一刻不客氣地回了這句話，快步地走上二樓，回到了自己房間裡。

即使隔著關起的房門，一刻還是能聽見宮莉奈在樓梯口大叫著「是男生就不要害羞，姊姊不會取笑你」之類的句子。

等到門外終於沒了聲音，染著一頭白髮的少年就像脫力般背抵著門，慢慢滑坐到地板上。只是才剛坐下沒多久，他的視線猛地被某個東西拉了過去。先前被他匆忙換下、丟在地板上的衣服，那上頭清晰的血漬讓一刻原本想要遺忘的記憶全數回籠。

「馬的，這到底是怎麼回事啊……」一刻雙手抱頭，前額抵著膝蓋，整個人蜷縮成一團。

先是被車撞到後卻毫髮無傷，接著又是在其他人的胸前看見奇怪的黑線……最奇怪的是，別人看不到……

像是驀然想到什麼，坐在門前的一刻迅速地抬起頭，望著自己的胸口。

什麼也沒有。

不能不說，一刻是眞的感到鬆了一口氣。他慢慢地吐出一口悠長的氣，仰著脖子，後腦抵著門板，腦袋裡的思緒亂七八糟地混作一團。

他想不透發生了什麼事，也許眞的只是一場幻覺，他只不過是倒個垃圾而已，根本沒遇上什麼車禍。只要睡一覺，就會發現一切都恢復原狀了。

沒錯，只要好好睡上一覺的話。

一刻沒有猶豫，立刻採取行動，將自己扔上一張就男孩子來說，擺了太多可愛布偶的床。

隨手抓過一隻大熊娃娃，一刻將臉埋進它的身體裡，做了一次深呼吸。原本緊繃的心情頓時鬆緩下來，心裡也覺得踏實不少。

一刻環視一圈自己的房間，粉紅色的牆壁、可愛的擺飾、還有那些或大或小的絨毛娃娃。他的嘴角不自覺地揚起微笑，只要是待在這裡，他就覺得能無比安心且放鬆。

就算氣質不優、外表凶惡，還因爲輝煌的打架事蹟（目前是零敗記錄）而被這區的學生們暗中冠上「火爆惡魔」的名號，但眞正的宮一刻其實最難抗拒可愛的東西。

簡單來說，他對東西的喜好相當少女的。

一刻覺得自己的心靈被治癒了，決定將之前的事全當成一場幻覺，關了燈、拉上棉被蒙住頭部，準備早早進入夢鄉。

房間裡變得安靜無比，偶爾會聽見時鐘秒針滴答前進的聲音。

就在一刻的意識不由自主地跟著飄遠的時候，猝然間，一陣砰砰啪啪的猛烈拍打聲，敲裂了這房間的寂靜。

一刻瞬間睜開眼，用最快的速度翻身下床，打開燈，同時不忘自床底抽出一根球棒。

如果是小偷強盜的話，就打給他死！

一刻的眼底掠過狠戾之色。即便喜好相當少女，還擁有一間粉紅色的房間，卻不表示一刻是吃素的，會讓人隨意揉捏打壓。

但是，當房內燈光整個大亮之後，抓著球棒的一刻卻是呆住了。他睜著眼，微張著嘴，目瞪口呆地看著房間唯一對外的窗子。

在燈光的照耀下，可以再清晰不過地看清玻璃窗外的景象。

方才那陣砰砰啪啪的聲音，就是從窗外傳來的。

有一名身型玲瓏嬌小的小女孩正站在窗子外，細眉大眼，烏黑的長髮像是會發亮。她又伸手拍打了窗戶，然後發現這窗沒上鎖，她毫不客氣地拉開窗子，踏在窗台上，雙手扠腰，尖尖細細的下巴高揚著。

一刻掉了手中的球棒，跌坐回床鋪上，臉色鐵青。

幻覺活生生地出現了。

他在巷子外見到、穿著一身滾邊洋裝的小丫頭，竟然再次出現在自己眼前！

然後，就見那個手短腳也短的七、八歲小丫頭，得意洋洋朝自己宣告：

「兩個小時前你救了妾身一命，因此妾身就決定了要欽點你來當妾身的直屬部下，打擊這世界所有吞噬人心的妖怪！讓吾等一起為了業績、為了高額的年終獎金而努力吧！美好的未來就在前方等著吾等！如何，有沒有覺得感激涕零？以上，就是妾身，就是高貴無比的織女大人對你的恩情回報！」

第二針

問題——

當你的房間突然闖進一名自稱「織女」的女孩，並要你成爲她的部下，一起打擊人間妖怪的時候，你會做出什麼反應？

宮一刻不知道其他人會怎樣做，不過他的做法是罵了一句「幹，神經病！」後，動作快速俐落地關窗上鎖，拉上窗簾，再用最快的速度回到床上，拉起棉被蓋住頭部，裝作一切都不存在，這個世界依然還是如此和平、如此美麗……

「宮一刻，你不要裝鴕鳥給妾身裝死！你要是再不開窗的話，妾身……沒錯，妾身會哭哭啼啼地去按你家門鈴，跟你的堂姊說你玩弄了一個清純可愛、天眞無邪的小蘿莉！妾身說到做到！」

……我操！說得出這種話的人是哪裡清純可愛又天眞無邪了？

一刻簡直不敢相信自己耳朵聽見的，他咬牙掀開棉被坐起。管窗外那個自稱「織女」的丫頭是不是神經病，他說什麼也不能讓她眞的去執行她的話。

宮莉奈會二話不說宰了他的。

將所有想得到的髒話在心裡罵了一遍，一刻臉色鐵青，放棄說服自己這一切都是幻覺。他走到窗子前，將窗簾拉起，接著打開了窗戶。

細眉大眼、宛如洋娃娃可愛的小女孩就像深怕對方反悔似地，以最快的速度衝了進來，這次是雙腳貨眞價實地踩在一刻房間的地板上。

「眞是的，你居然將妾身關在窗外，不都是要讓妾身進來的嗎？早早從了不就什麼事也沒有了……」小女孩趾高氣揚地說著，然後宛若發現什麼新世界一樣，雙眼滿懷驚奇地望著周遭環境。粉紅色的牆壁，可愛的擺飾，還有那些隨處可見的絨毛娃娃，「喂，宮一刻，你的房間……」

「怎樣？」一刻的聲音低了一階，眼瞳深處凝聚著風雨欲來的危險，打算一聽見什麼嘲笑的話，就要將這嘴毒的小女孩扔到窗外。

「你的房間眞不錯，妾身也想要一個這種的房間。」小女孩掩不住羨慕地說道。隨即她脫掉鞋子，自動自發地爬上一刻的床，一把抱住一刻最喜歡的大熊娃娃，「啊啊，這個好棒，妾身好喜歡這個！」

「妳眞是有眼光，這個也是我最喜歡的一隻。」一聽見小女孩出言誇獎自己的房間和娃娃收藏，加上對方抱著大熊形成的畫面太過可愛，一刻心中什麼怒火頓時全煙消雲散，他露出了有些驕傲又有些不好意思的笑容，「不過這隻不能送妳，如果妳喜歡別的可以儘管挑，反正都是我去娃娃機抓來的。」

「眞的嗎？這是你答應妾身的，可不能反悔！」小女孩雙眼一亮，馬上抱住床鋪上的另一隻熊貓娃娃。

粉雕玉琢的小女孩加上熊貓娃娃，這畫面怎麼看怎麼可愛。

一刻的一顆心都軟了，一時間只覺得感動不已，全然忘記要追究小女孩的來歷和身分。

「欸，宮一刻，你眞是個好人，你會再答應妾身一件事吧？」小女孩微歪著腦袋，大眼睛無辜地眨巴著，臉上則是綻出一個甜甜的笑。

一刻下意識地點點頭。

「太好了，那你就快答應接受妾身的報恩，成爲妾身的第三號部下吧！」小女孩綻出更大更開心的燦爛笑容，一瞬間幾乎迷炫了一刻的眼，「快點對妾身說我願意，只要你一說出來，你和妾身之間的靈魂契約就能成功締結了！快說啊，宮一刻！」

一刻反射性就要再一次點頭，並張口說出「我願意」，但是他的嘴才一張開，卻猛然地回過神來。

慢著，什麼部下？什麼靈魂契約？而且誰會想對一個小鬼頭說「我願意」，要說也是對他未來的老婆說！

「妳究竟是什麼人！」一刻的眼凌厲瞇細，泛起強烈的警戒。他重新抄起掉落在地上的球棒，惡狠狠地瞪住小女孩不放。

「妾身不是說了嗎？妾身是高貴無比的織女大人，牛郎最愛的妻子，天帝的小女兒！」小女孩無視白髮少年的敵意，她站在床鋪上，雙手扠腰，精緻的小臉浮現不悅，像是不高興自己的身分一再被人質疑。

牛郎？織女？天帝的小女兒？

一刻一愣，從小女孩口中說出的人名他都相當熟悉。牛郎與織女，有誰會不知道這兩名造成七夕節由來的神話人物？

身爲凡人的牛郎愛上了偶然下凡的天帝小女兒．織女，爲了將她留在身邊，他藏起了能夠讓她返回天界的羽衣，和她結了婚，並且孕育兩名子女，在人世間過著幸福的日子。

然而這段日子並沒有持續太久。

得知小女兒居然和一介凡人結婚生子的天帝大爲震怒，派遣天兵將織女強行抓回。爲了帶回自己心愛的妻子，爲了不讓兩名孩子失去母親，牛郎挑起兩個簍筐，將兩名孩子分別裝進其中，再披上自己所養的老牛死後遺留下的皮，跟著追到天上。

眼看即將追上、一家人終能團聚時，卻沒想到西王母突然現身，出手阻撓。她拔下一根髮簪，往天空一劃，一條銀河憑空生出，硬生生地分隔了牛郎與織女。面對無法跨越的銀河，牛郎和織女傷心欲絕，兩名子女更是嚎啕大哭。

此景終究令西王母心生不忍，最後應允了雙方得以在每年的七月七日會見一面。而被兩人這份愛情感動的喜鵲，則是自願以自身爲橋，讓牛郎與織女能夠於橋上聚首。

這故事對一刻來說可謂是滾瓜爛熟了，就算是平常不接觸神話故事的人，也會因爲「七夕」這個節日而知曉這則故事的存在。

姑且不論這愛情故事騙了多少小女生的眼淚，也不管巧克力和玫瑰花的廠商在這日子從情侶的荷包裡賺了多少錢……宮一刻從來沒有想過這個故事的主角是貨眞價實存在的，而且有一天還會跳到自己眼前！

「妳說……妳是織女？」一刻嚥嚥口水，「那個『牛郎與織女』的織女？」

「沒錯，你可終於相信妾身了！」織女喜出望外，漂亮的大眼睛閃動欣喜的光芒，「來吧，現在快和妾身締結靈魂契約，只要說出我願意就行了！」

「我願意……願意的人才有鬼！」一刻瞬間沉下了臉，球棒還是不離手，甚至拿著前端直指織女，「就算妳不是人好了，但這種四季豆乾癟身材，哪裡像是那個故事中溫柔美麗的仙女！」

「你……你竟敢嫌棄妾身是四季豆乾癟身材？宮一刻，你怎能對淑女如此失禮？」織女握緊小拳頭，連小小的肩膀都在發抖，「妾身哪裡不溫柔不美麗了？你以爲是誰讓你身上的傷不見的？還有，你給妾身聽清楚了！妾身心愛的牛郎曾經無數次說過，他最愛的女人只有妾身，其他類型的女人他完全不放在眼裡！」

一刻沉默地將織女從頭到腳地打量一遍。那個小胳膊、小身體，還有分不清前後的胸膛跟屁股……

一刻的心裡忽然不由自主地湧上一股哀傷。怪不得有人說距離就是美，披著神祕面紗的神話故事亦是如此。誰會知道「牛郎與織女」中的牛郎，竟是一個蘿莉控？

一刻沒有發覺自己在不知不覺中承認了織女的身分。

沒有在牛郎的喜好上糾結太久，一刻從織女的那段話中，捕捉到一個更重要的訊息。

「你以爲是誰讓你身上的傷不見的？」

這麼說來，他身上的異狀……

「是妳救了我？」一刻的眼神還是很凌厲，不過警戒的意味卻是淡去不少。

織女似乎是嫌扠腰站著、還得仰頭看人的姿勢太累，她一屁股坐在床上。

「是妾身出手讓那些傷消失的沒錯。」織女踢晃著小腳，繼續說出會令一般人感到匪夷所思的玄妙話語，「你不是該死之人，卻因爲妾身而面臨瀕死危機，所以妾身也只不過是讓命運回到原來的軌道。你可以不用太感激妾身，倘若眞過意不去，就答應妾身的報恩吧。」

一刻現在已經搞不懂對方到底是來報恩還是索討恩情的。但最起碼證實了一件事，自己能在那場車禍中安然無事，都是因爲織女的緣故。

想到這裡，最後一絲警戒褪去，一刻放下了球棒，「妳救了我，我很感激。」

「是吧是吧？你很感激我吧？」織女開心地打斷一刻的話，「所以你是願意了囉？成爲妾身的部下是不會吃虧的！只要打擊妖怪的業績好的話，不但可以領到高額的年終獎金，妾身還能幫你實現……哎?宮一刻，你這是在做什麼?」

織女原本的滔滔發言，在看見一刻忽然從床底摸出一雙球鞋換上，並抓起錢包和鑰匙的時候，忍不住停了下來，改迸出困惑的問句。

因為白髮少年的模樣，不管怎麼看都像是要出門一趟。

「妳是想要說服我答應吧?」一刻沒有正面回答，反倒是提出另一個問題，「我沒答應的話，就要留在這裡一直纏著我?」

「唔，兩個答案都是肯定的沒錯。」織女爽快地點了點頭。

「既然如此妳就留著吧，老子去夜遊。」一刻比她更加爽快地拋下這句話。他直接將窗戶當成出口，身手俐落地藉由樹和牆翻出了屋外。

織女先是呆愣，緊接著回過神來衝向窗口，正好瞧見少年輕鬆地跳下牆，踩在柏油路上。

一刻抬起頭，對著瞠目結舌的小女孩揮下手。

「我沒興趣當誰的部下，也不想去打擊什麼妖怪，妳還是趁早死心吧。離開時記得幫我關燈關窗，要是我回來還看見妳，我會把妳丟出去的。」

一刻在看人方面的直覺很準，他可以下意識地判斷出對方是否懷抱惡意。也因此，在感覺到織女並未存有任何惡意，只是死纏爛打的手段令人有點抓狂後，他也不擔心將她留在自己房間會出什麼事。

「什……給妾身等一下！宮一刻！喂，宮一刻！」眼見那抹頂著顯眼腦袋的身影竟真的頭也不回地離去，織女像是不敢相信般，抓著窗沿，半個身體幾乎都探了出去，「妾身叫你等一下啊！宮一刻！宮一……」

「織女大人，那人類真的就這麼走了？」在明明只有織女在場的情況下，卻突然出現了另一道清脆悅耳的少女嗓音。

織女絲毫不覺得意外，她直接抬起頭，果然看見從屋頂上飄下一團淡淡銀光。

那光團的體積不大，大約一個巴掌大小。光團慢慢地飛至織女面前，然後那層淡銀光芒才散去，顯現出說話者的真面目。

那是一名荳蔻年華的少女，綁著數條細細的長辮子，白瓷般的臉蛋上鑲了兩顆烏黑的眼睛，不時滴溜地靈活轉動，給人古靈精怪的印象。除了體型只有巴掌大，除了背後伸展著如同鳥類的一對翅膀之外，她看起來就和一般少女無異。

「太慢了，喜鵲，妳是跑到哪去了？妾身之前差點遭遇危險，人類開車的時候實在太野蠻了。」織女蹙起細細的眉，語氣中有點埋怨之意。

「真的很抱歉，織女大人，我不小心又迷了路。妳也知道的，我們鳥類有夜盲症啊。」名字是「喜鵲」，原形也是喜鵲的少女苦著臉，向織女報告晚到的原因。

如果這時候一刻在場的話，那麼他大概就能猜得出這名綁著細辮子少女的身分——「牛郎與織女」的故事中，受到兩人的愛情感動，自願提供己身當作橋梁的喜鵲。

「算了，妾身也沒興趣追究這種小事。現在最重要的，還是讓宮一刻願意爲妾身做事。」織女的雙手一使勁，整個人改坐在窗台上，兩隻腿懸空地晃著，遙望著那在巷子裡越變越小的身影。

「照我的想法，織女大人就一棍子把他敲暈，然後逼著他做事就行了。反正那人類一定不知道，不管是什麼方式，只要說出『我願意』，就代表著和大人締結魂契了。」喜鵲搗著嘴，發出嗤嗤的笑聲，「像那種看起來野蠻又低俗的人類……」

「妾身可不准妳這麼說宮一刻。」織女忽地截斷了喜鵲的話，黑眸掃視過去。明明是稚氣圓亮的一雙眼睛，在一瞬間卻散發出強大的氣勢。

喜鵲的身體一顫，立刻噤了聲。

「宮一刻是名溫柔的人類……」織女望著人影消失的方向，喃喃地說著。

爲了救一名素不相識的小女孩，那名少年甚至差點賠上性命。卻又在醒來的第一時間，不顧自己，而是關切著對方的情況。

就算一刻的言行舉止凶暴又粗魯，但是織女卻眞切地感受到那些難以察覺的溫柔。

「所以，像那樣溫柔又似乎容易使喚的人類，妾身當然是——絕對絕對不會放過的！一定要讓他心甘情願地成爲妾身的部下三號！」織女站了起來，小臉重新閃動堅毅、毫不退讓的光芒。她握緊小拳頭，朝天空揮舞一下，「準備好，喜鵲，吾等現在就要去追著宮一刻不放了！死纏爛打有時候可是女人的必備絕招啊！」

「遵命，織女大人。」喜鵲「啪」地一聲完全展開她的翅膀。那對雙翅越伸越大，彷彿要遮蔽夜空。

體型精巧的少女身上冒出銀光，光芒飛快地籠罩她的全身。與此同時，淡銀色的光芒也變得越來越大。

當銀光散盡，一隻比人還巨大的喜鵲就停佇在一刻的房間前方。

織女有些笨手笨腳地爬上了喜鵲的身子，一站定之後，她馬上擺出威風凜凜的姿態，一手扠腰，一手直指前方。

「吾等出發吧，喜鵲！」

巨大的鳥兒發出一聲響亮但人類卻無法聽聞的鳴叫，牠昂起頭，拍動雙翅，然後——

振翅而飛！

夜間十一點多的潭雅市區，已不復白日的熱鬧。

諸多店家都已經拉下鐵門，停止營業。車流量和人煙也都大大減少，街道上空盪盪的。停止正常運作的紅綠燈不停閃動炫目的燈號，黃色或紅色的燈光在夜晚裡有種隱約的不祥味道。

黑暗和寂靜籠罩了這座城市，街道上只剩一些二十四小時或營業時間極晚的店面還亮著燈光。

一刻準備前往的目的地，就是一家二十四小時營業的抓娃娃店，距他家大約半小時路程。

不過在這半小時之間，一刻的心裡不知道閃過多少次「後悔」兩字。就算是現在，那兩字依舊像跑馬燈一樣地不斷重覆輪迴。

「欸欸，宮一刻你是要去哪裡夜遊啊？夜遊好玩嗎？妾身還是第一次夜遊呢。」稚嫩的童聲不停地從一刻身後響起，就像是嘰嘰喳喳的小麻雀，「你一邊夜遊，可以一邊考慮成為妾身部下的事。放心好了，妾身不是那種不近人情的人，會給你足夠時間思考的。」

一刻握住拳頭，告訴自己什麼也沒聽到，身後那像小尾巴的玲瓏身影，也不過是一場虛幻而已。

「喂，人類！織女大人在跟你說話，你怎能不回應？」上天彷彿沒聽見一刻的內心願望，童音響起之後，接在後面的是另一道清脆的少女嗓音，帶著顯而易見的指責意味，擺明就是對一刻的裝死態度相當不滿，「你是聽見了沒呀！你這個白毛、白毛、白毛！」

「老子就是白毛妳他媽的有意見嗎？」一刻猛然煞住腳步，一個回身，眼神凶狠尖銳，「妳是歧視白毛嗎？啊？」

一見著一刻那宛若凶神惡煞的姿態，原先喋喋不休還在叨唸白毛的迷你身影，登時有絲畏懼地飛到織女身後。

「白毛很好啊，妾身很喜歡，爹親的鬍子和頭髮也都是白的。」織女就像是沒有看見一刻那凶狠的表情，神色自若地將話接了下去。

望著那恍若天眞而不解世事的小臉，一刻的一口氣發作不上來。他頹然垮下肩膀，鬆開握住的拳頭。

原本一刻認爲織女不會再跟上來了，運氣好的話，等他回到家，說不定織女早就自動離開了。但他怎樣也沒想到，會再度面臨被一個小丫頭死纏爛打的命運。

而且還多附送了另一個人。

一刻的眼睛忍不住往織女身後瞄去，一名身形只有巴掌大的細辮子少女，此刻正在吐舌對著自己做鬼臉。

少女的名字是喜鵲，原來的面貌也是喜鵲一隻，是她載著織女無預警地擋在一刻面前。就算不問，一刻也猜得出來，對方想必就是「牛郎與織女」故事中，幫助兩人會面的喜鵲。

不過其他人似乎無法看見喜鵲的身影。

對此，一刻覺得有些慶幸。否則明日的報紙上，可能就要出現潭雅市驚見巨大怪鳥或是長翅膀小人的新聞了。

瞪著那一大一小的身影半晌，一刻最後嘆了口長長的氣，搗著額、轉過身，繼續邁出步伐。但只要稍加留意，就會發現白髮少年的腳步已刻意放慢，讓後方的小女孩不至於追不上。

於是個子嬌小玲瓏的可愛小女孩，繼續像條甩不掉的小尾巴似地，追著氣質「不良」、外表也很「不良」的白髮少年不放。

這畫面如果放在白天看的話，想必會備受路人注目。但是晚間十一點多的潭雅市，路上看不見什麼人。

「宮一刻，你考慮完了嗎？你決定要對妾身說出我願意了嗎？」安靜不到一會兒，織女又興致勃勃地開口問道。

「……剛是誰說要給我充足時間考慮？」一刻沒有回頭，可他終於從口中迸出了話。

「是妾身啊，所以妾身不是給你三分鐘的時間了？」織女一副理所當然的口氣。

就算已經不止一次被這名小丫頭惹怒過，但一刻的額角這次還是難以避免地爆出了青筋。

「一刻、一刻，妾身知道你一定還有疑慮，所以妾身可以詳細地告訴你。」

織女在不知不覺中改以使用更加親近的稱呼。

「人世中其實潛藏著大量的妖怪，而消滅這些妖怪是吾等仙人的職責。然而僅有妾身一人，著實應付不來。所以妾身才須要部下一起分擔工作，同時也可以衝高業績。這樣在年終時才領得到高額的獎金，而且妾身才能夠獲得更長的假期，和夫君一起去度蜜月！」

前半段還在一刻的理解範圍內，可是到了後半段……一刻覺得自己好像聽見幾個不太對勁的名詞。

「業績？年終獎金？」一刻再次轉過身，愕然看著面前的神話人物，「喂喂喂，不對吧？神仙也要衝業績跟領獎金嗎？」

「你在說什麼啊，一刻。」織女給了一記鄙夷的眼神，「神仙也會現代化的，爹親還很擅長用電腦呢，最近還忙著玩臉書照顧他的農場。」

一刻啞口無言，好不容易才把嘴巴閉起，他決定跳過天帝會玩臉書這個話題。

「那個度蜜月又是怎麼回事？按照神話故事記載，妳和牛郎不是一年只能見一次面嗎？」

「那是假的、假的，爹親才沒有拆散吾等，妾身可是每週六、日都能放假和夫君在一起的，一到五則是要努力上班打擊妖怪。」織女咯咯笑著，她揮了揮手，像是沒想到眞的有人相信這傳聞，「不過最近幾年人世的妖怪變多，所以妾身和夫君的相處時間變少了。但是，能不用像你們人類說的，一年只能見上一次面，妾身覺得已經很幸運了，除了……」

織女的聲音驀地小了下去，濃密的眼睫垂掩住雙眸。

那瞬間，一刻覺得自己似乎看到一抹難以言喻的憂傷。看著這時候的織女，一點也不像剛剛趾高氣揚的驕傲模樣。

可是很快地，織女又重新仰起頭，烏黑的大眼睛裡沒有殘留任何一絲憂傷，彷彿那不過是一刻的錯覺。

「一刻，你是不是準備好要回答妾身了？如果不知道要怎麼說的話，妾身可以體貼地幫你準備三個選項。」織女眨眨大眼睛，綻露天眞無邪的笑容，「選項一，我願意。選項二，我很願意。選項三，我超級願意的。」

「幹，不都是一樣嗎？」一刻忍住想伸出中指的衝動。

「表達熱情的程度不一樣啦。一刻，你要是願意答應，屆時妾身可以幫你實現一個願望。只要不是世界毀滅或稱霸世界這種天方夜譚，憑妾身的力量，都能想辦法爲你達成的。」

「願望？」

「是啊是啊，你有什麼願望可以先說唷。」

「……免了，謝謝，老子拒絕。」

「你說你的願望是……拒絕？等一下，你拒絕妾身幫你實現願望嗎!?」織女說到一半才驚悟過來，白髮少年說的居然不是自己以爲的願望內容，她不敢相信地睜圓了眼睛，「爲什麼要拒絕？妾身能夠幫你實現願望耶！像你最喜歡的那隻大熊，妾身就可以變十隻給你！」

「我要是想要十隻，不會自己去抓嗎？」一刻覺得莫名其妙地反問道。

「那錢呢？女人呢？或是其他東西呢？」飛在織女脖子後的喜鵲探出了頭，「人類，你不可能沒有願望吧？」

「老子又不是無欲無求，當然有願望。」一刻挑起眉，「問題是，那些願望我自己就可以

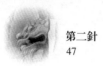

做到了，幹嘛要別人幫我實現？就是這樣，要是違背妳們的期望我也沒辦法，妳們快放棄，去找別人吧。」

扔下這串話，一刻這次沒有再放慢腳步地掉頭離開。他朝後舉了下手當作道別，他想他們應該是不會再碰面了。

「什麼啊……這種人最無趣了……」喜鵲咬著指甲，古靈精怪的黑眼睛裡閃動異光。隨即喜鵲撲騰著翅膀，飛到織女的面前。

「織女大人、織女大人，那個不識好歹的人類就放棄吧，我們可以去找其他……」

「不行！妾身就是要一刻！」織女驀然地回過神，她的眼中閃動著光芒，兩個小拳頭握起，大有越挫越勇的氣勢，「妾身早就決定好了，妾身的三號部下一定非是宮一刻不可！一刻、一刻，你等等！妾身不會放棄你的！」

「織女大人！」喜鵲吃驚地看著穿著滾邊洋裝的小女孩，居然邁步追了上去，她停在原地一會，接著咋了咋舌，也跟著揮動背上的那一對翅膀。

第三針

一刻聽見自己的身後傳來呼喊聲、奔跑聲，他沒有因此回頭或停下腳步，但是心裡不免也佩服起織女這種絲毫不放棄的精神。

不對不對，他沒事幹嘛要敬佩？被人死纏爛打的苦主可是他耶……一刻突然聽見前方傳來了什麼聲響，他皺起眉，循著聲音往前端望去。

這一望，白髮少年頓時沉下眼，停住了原本不打算停止的步伐。

聲音是從前方一家還亮著燈的店中傳出來的，而那家店，正是一刻預計前往的抓娃娃店。

沒留意到周遭動靜，發現一刻停下腳步，織女立刻欣喜地衝了上去，像枚小炮彈般撲上他的後背，雙手因害怕他再逃走而圈住了他的腰，心中則做好耳邊會落下少年怒吼的心理準備。

可是，沒有。

少年不但沒有氣急敗壞地大罵，也沒有臭著一張臉地拎起她丟到一旁。

織女不禁感到困惑，不過接著她也注意到那些即使在夜間，也不懂壓低的嘻笑怒罵聲。聲音聽起來都很年輕，是男孩子的聲音。

下一剎那，另一聲更巨大的聲響從那亮著燈光的店裡傳出，就像什麼東西被人狠狠踹上一腳似地。

「哇！」織女被嚇了一跳。

「真野蠻，一點氣勢也沒有。」喜鵲搗著嘴，細細地說道。

一刻沒有對此做出任何回應，他抓起還巴著他的織女，卻不是將她扔到一邊，而是拉著她走向了抓娃娃店。

織女這下覺得有點受寵若驚了，畢竟白髮少年對她不是拿球棒指著，就是朝她兜頭罩下凶惡的話語。

就在一刻罕見地主動拉著織女時，抓娃娃店同時走出了三名年紀和一刻相仿的少年——一人頭髮染成金色，一人則是咖啡色。其中一人的劉海甚至還弄成斜向一邊，遮住一隻眼睛，或許他覺得自己這樣的造型很獨特。

而很明顯的，走在最前方的金髮少年是三人當中的領頭，他一副無聊厭煩的表情，但眼中卻帶著戾氣。跟在他身後的兩名少年則是旁若無人地嘻笑著，不時迸出幾句粗俗的髒話。

這三人一走出店面，很快就發現一刻。

原本還在嘻笑的兩名少年瞬間沒了聲音，他們看著一刻，又瞄向金髮少年，表情有些不安和驚疑。可是在留意到一刻手邊牽著一名小女孩後，那兩雙眼睛都閃過了不懷好意的光芒。

這兩人就要直接朝一刻走過去，但只是剛有動作，就被金髮、嘴唇打了個唇環的少年以眼神制止。金髮少年抬了抬下巴，示意另外兩人繼續走。

一刻面無表情，最多只有眉毛皺了一下，但卻不是因爲對方想找碴的態度，而是他看見了那三人胸口都有著黑線。

尤其是那名金髮少年，他的線長得幾乎快到膝蓋。

一刻想起自己竟忘記問織女有關線的事。他是在車禍後才看得見這些詭異的黑線，要說織女和這些線毫無關係，打死他也不信。

即使那些黑線的存在令一刻心存疙瘩，此刻他仍然當作什麼也沒看到，拉著織女自顧自地走進店裡。

兩方人馬就這麼擦身而過，各自朝著不同的方向前進。

喜鵲沒有跟著飛進店裡，她停在原地，回頭看著那三名明明就懷抱惡意的少年。

「什麼啊，沒有要打嗎？眞是無聊……」喜鵲的臉上浮現露骨的失望，可是就在下一秒，她的黑眸突現光芒，她感到欣喜地捧住臉頰，「喔喔！」

喜鵲心滿意足地飛進了店裡，覺得自己看見了好東西。她看見那些似乎沒有要惹事的人類們嘴角和眼角都露出了狡獪又不懷好意的笑。

才剛飛進店裡，喜鵲就聽見織女興奮的叫喊。

「一刻！喂，一刻，妾身想要這個！這個也好可愛！」

織女在整齊擺列機台的走道裡跑來跑去，不時指指這台機器內的娃娃，或是那台機器裡的娃娃。她似乎是第一次來抓娃娃店這種地方，一雙大眼睛亮晶晶的，滿是期待地望著一刻。

「只抓這一台，其他的不准，帶太多回去會被莉奈姊發現我半夜又偷跑出來抓娃娃。」一刻敲敲其中一台娃娃機的玻璃，裡面擺放的是粉紅色和粉藍色的小牛玩偶。

織女沒有意見，她心急地催促著一刻快點動手，甚至還主動幫一刻拿出錢包。

「喂喂，妳在做什麼？」一刻黑了臉，連忙要從那隻小手中搶回自己的身家財產。

但織女似乎發現了什麼，她注意力被挑起，小手用力抓著錢包另一端，就是不肯放手。拉拉扯扯之下，最後有張薄薄的紙片從錢包裡滑落出來。

一瞥見那張紙片，織女立即放棄和一刻爭奪錢包。她動作迅速地蹲下身，手指往前一撲，緊緊地按住了那張紙片。

那原來是一張相片。

上面是三人的合影，居中的白髮少年一看就知道是一刻。而站在兩側的，分別是相貌極為相似的少年及少女。乍看之下，兩人幾乎如同一個模子印製出來的。

「欸欸，一刻，他們是誰？」織女就像發現新大陸，滿懷好奇地問。她注意到那綁著細長髮辮的少女和戴著耳機的少年，他們的眼睛居然泛著淺淡的藍色，「他們的眼睛是藍……啊，你幹什麼啦！」

「這句話是我問妳才對吧！」一刻眼明手快地抽回照片，不再讓織女多加研究，「他們是我的朋友，藍眼睛是因為混血兒的關係。妳還要不要娃娃？不要就算了。」

「要要要，妾身當然是要的！」織女馬上就對那張照片失去興趣，她抓著一刻的手腕，熱切地搖晃著。

一刻被晃得都暈了，他抓開織女的小手，先將錢包收起，再投下硬幣。等音樂響起，他開始操控機器手臂算準落下的位置。

一刻熟練地做著這些動作，一邊開口，「妳老實告訴我，妳除了讓我的傷口消失之外，有沒有再對我的身體做什麼事？」

「什麼什麼事？」織女的一張小臉貼著玻璃，心不在焉地反問，「放心好了，妾身愛著的男人只有牛郎，可不會做出性騷擾的沒品事。」

「誰跟妳說這種事？我是問……」一刻忍住翻白眼的欲望，「我是問，妳應該沒讓我的眼睛能看見什麼不該看的吧？例如黑線……啊，幹！妳幹嘛替我亂按？」

一刻的問句才說到一半，猛然拔高成氣急敗壞的怒吼。織女竟然趁他沒注意的時候，直接按下了讓機器手臂往下伸的按鈕。

「是你太慢了。」織女理直氣壯地扠著腰，她看一刻在那邊移來移去，看得不耐煩，「男人不就要有魄力一點嗎？對了，你剛問妾身什麼？」

「問妳媽啦！老子這明明就是技術！」一刻現在哪管得著他剛問了什麼，他的一顆心全隨著機器手臂的動作而提到喉嚨。

這種二十四小時的抓娃娃店雖然方便，可以讓他半夜無聊時打發時間，但壞處就在於不會有店員來幫忙重新調整玩偶的擺放位置。要是掉的地方不對，接下來就都別抓了。

「妾身的娘親？娘親好好的在天上呀。」織女納悶地歪了下腦袋，沒有多去深思，她的心思立即就被娃娃機內的動靜吸引過去。

機器手臂張開爪子，少年和小女孩屏著氣，兩雙眼睛越睜越大。然後——

咚、咚的兩聲，竟然一口氣掉出了兩隻小牛娃娃。

織女的動作快，立刻抱起粉藍色的那隻，「妾身要這隻，誰也不准跟妾身搶！」

「誰要跟妳搶啊？」一刻撿起剩下的粉紅色那隻。

如果換作其他大部分男孩子，想必不會想要一隻粉紅色的玩偶。但是一刻不一樣，他連房間都可以是粉紅色了。

白髮少年抱著粉紅色的小牛娃娃，凶狠的眉眼有著掩不住的愉悅。他用力地抱住那隻柔軟的小牛，臉頰還忍不住蹭了幾下。這時候的他，看起來就像是獲得寶物的開心孩子一樣。

「一刻，所以你究竟是要問妾身什麼？」織女心滿意足地抱著她的粉藍色小牛，沒忘記對方有問題要問自己。

「喔，我是要問……我是要問啥？算了，如果是很重要的事就會再想起來。」一刻沒有糾結太久，一次抓到兩隻娃娃讓他的心情大好。他聳聳肩，相當乾脆地放棄再深思下去，偕同織女一塊走出店外。

只不過才剛剛踏出店門口，一刻瞬間便想起來他原本想問織女什麼了。不是因爲他忽然靈光一閃，而是——

「很有閒情逸致嘛，宮一刻。」紅磚人行道上，有一名染著金髮、眼角細長、嘴唇穿有唇環的少年扛著球棒站在那裡，他一手插在牛仔褲的口袋裡，唇邊掛著一抹惡意的冷笑。

在他的身旁，這次不僅只站著先前跟他走在一起的同伴，還有數名或拿棍棒或拿著鐵管的人影，也一併圍堵在店門口外。

所有人的胸口處都垂著或長或短的……黑線。

一刻的好心情在刹那間被破壞得一乾二淨，他不是傻子，不會看不懂面前的陣仗是幹什麼用的。他眯起眼，眉一挑，比金髮少年的態度還要更高傲地甩出了四個字。

「你誰啊你？」

金髮少年的冷笑微僵，似乎沒想到對方會不認識自己，本來醞釀好的氣勢也因爲這句話不由得窒了一下。

「你說什麼？難道你這個一年級的不認識利英二年級的老大嗎？」金髮少年身旁的同伴沉不住氣，立刻不滿地叫囂道，他的叫囂引起了其他人的共鳴。

一群看起來凶神惡煞的青少年登時發出危險的鼓譟，有些人則拿手上的鐵管、棍棒敲地，氣氛瞬間緊繃得一觸即發。

對面馬路，原本要走過來的行人一發覺狀況不對，馬上掉轉了行進的方向，畢竟誰也不希望遭到池魚之殃。

「閉嘴，誰讓你們先說話了？啊？」但是在金髮少年充滿威嚇的問句一出後，原先的鼓譟登時沒了聲息，化成一片死寂。

從此可以看出，金髮少年對於其他人來說，代表著不能違逆的可怕存在。

喝令同伴閉嘴後，金髮少年回過頭，想在一刻臉上瞧見警戒、最好是退縮的神情。卻沒想到那名白髮少年只是用食指掏掏耳朵，然後再用比方才更令人火大的鄙視態度，俯望著階梯下的他們。

「老子是一年級又不是二年級的，誰知道你們老大是個鳥？」

「宮一刻，你不要太過分了！」劉海遮住一隻眼睛的少年立即破口大罵，「我們老大跟你打過那麼多次，上次還被你打到住院三天，你居然還敢說你不認識……唔呃！」

他的話語突然中斷，變成痛苦的呻吟。他抱著肚子，表情扭曲地蹲到地上。

「我有叫你多嘴嗎？」金髮少年收回重擊同伴肚子的球棒，語氣陰狠。

蹲在地上的那人慘白著臉，痛得說不出話來，只能害怕地拚命搖頭。

無視對方的情況，金髮少年回頭直視一刻。他的視線落至一刻抱著的粉紅色小牛和身邊的小女孩，嘴角勾起了蔑視的弧度，「宮一刻，你還是喜歡這種娘娘腔的東西嗎？就連喜歡的女人類型也換成這種還在吃奶的小鬼頭了？」

「你說什麼？妾身可是……」織女大怒，但她還未說完，她那奇特的自稱詞立刻惹得金髮少年身後的同伴們大肆嘲笑。

「還妾身咧！這小鬼以為自己在演古裝戲不成嗎？」

「噗哈哈哈哈！妾身？妾身？那宮一刻是不是她的相公？」

「笑死人了，果然是宮一刻會看上的類型！」

「沒錯，喜歡的東西娘娘腔又醜不拉嘰，連喜歡的女人也怪里怪氣！」

少年們肆無忌憚地大笑著，惡意的笑聲彷彿永遠不會止息。

織女捏緊小拳頭，小小的肩膀氣得發抖。

「喂，幫我拿著一下。」相較之下，一刻的反應卻是異常冷靜。他將抱著的粉紅小牛塞給織女，在後者尚未反應過來愣愣地接下時，一刻已經往最前方的金髮少年走去。

「怎麼，宮一刻你想反駁嗎？」放任同伴肆意嘲笑，金髮少年瞥見一刻走近，毫不客氣地繼續譏諷，直到一刻伸手搭上他的肩膀。

金髮少年一愣，還來不及做出任何動作，就見到一刻對他露出了異常爽朗的特大號笑容，然後狠狠一個頭錘撞上了他的前額。

金髮少年完全沒有防備，這一擊居然讓他就這麼昏了過去，一動也不動地癱倒在地。

周遭的笑聲瞬間戛然而止，其他少年全都呆住。他們目瞪口呆地看著宮一刻，數秒後才猛然地反應過來，他們的老大竟然一擊就被打倒了！

「老大！」

「宮一刻你這卑鄙小人、王八蛋！」

「揍死這個偷襲老大的一年級！」

拿著棍棒、鐵管的少年們圍了上來，他們憤怒地叫喊著。

「啊啊？跟你們這種只會找一大群人的雜碎比起來，到底是誰卑鄙啊！」一刻踢起金髮少年手中的球棒，在抓住球棒的剎那間，球棒的前端迅雷不及掩耳地朝著最先逼近他的少年揮擊過去，「還有不准污辱可愛的東西，去死吧，混帳！」

對著倒地的少年比出一記中指，一刻隨即注意到一旁織女的存在。

「喜鵲，把妳家的織女大人帶到旁邊去！」白髮少年扭頭大吼，手中的球棒卻也沒有停下動作，依舊是快狠準地朝著圍過來的少年揮出。

球棒與棍棒的撞擊聲、球棒與鐵管的撞擊聲，不時還夾雜著此起彼落的哀號和悶聲。又是一記棍棒從旁襲來，一刻眼明手快地用球棒格擋住。他的眼角瞥見另一名少年獰笑著衝了過來，一刻露出了比對方還要猙獰的凶暴笑容，抬腿將人毫不留情地踹飛出去。

被包圍在中央的白髮少年揚著凶狠嗜血的笑，就像一頭被放出閘的猛獸，對所有膽敢挑釁牠的人做出粗暴的反擊。

「眞是……妾身知道一刻的身手應該不錯，但沒想到會這麼厲害哪……」抱著兩隻小牛的織女張著嘴，幾乎是瞠目結舌地望著這一幕，渾然忘記自己應該聽從一刻的話，退到遠離戰圈的地方。

被一刻毆打得趴倒在地的一名少年艱困地抬起頭，碰巧望見織女。他雙眼迸出狠毒的光，抓起就掉在一旁的鐵管，趁著誰也沒注意到的時候，從地上爬了起來，發出怪叫，撲向目光全停留在一刻身上的織女。

「所以說，我討厭這種低俗又野蠻的人類。」喜鵲拍動背上的翅膀，她的雙翅下泛起銀光，淡銀色的光芒就像防護罩般將自己連同織女都籠罩住。

那名朝著織女撲去的少年無法看見喜鵲的存在，可是他卻能看見那名原來站在台階上、一手各抱一隻小牛娃娃的小女孩，就在他面前憑空消失了蹤影。

少年的眼睛不敢置信地瞪大。這世上怎麼可能有人能夠憑空消失？然而事實卻又是鐵錚錚地擺在他的眼前。

少年控制不住自己往前撲的身勢，眼看就要狼狽地撲倒在石階上，下巴或許還會重重地磕上突出的稜角，他不禁死死地閉上眼睛。

預期中的疼痛遲遲沒有到來，少年戰戰兢兢地睜開一隻眼睛，再睜開另一隻眼睛。

水泥砌成的台階距離自己還有數公分的位置，他的身體呈現半懸空不再向前傾倒，顯然有人在千鈞一髮之際拉住了他的衣領。

少年鬆口氣，心懷感激地扭過頭後，表情全部凍結住，大腦一片空白。

染著炫亮白髮、雙耳上掛了多個耳環的宮一刻，正對他皮笑肉不笑地扯開嘴角。而在宮一刻身後，可謂屍橫遍野，所有人都被他打得爬不起來，只能發出微弱的呻吟。

臉上也有些掛彩的一刻瞇細狠戾的眼，「很有膽嘛，會找小女生出手？」

隨後一拳揮了過去。

扔開昏死過去的少年，一刻抹了抹唇角沾到的血漬，上頭的瘀青令他疼得扭曲了臉，便罵了一聲髒話。打人居然打臉，那些白痴是不知道他明天會被莉奈姊抓著猛追問嗎？

在心中如此腹誹的一刻全然沒想到，他可是打斷了好幾人的鼻梁並打落了好幾人的牙齒。

一刻沒發現到，最先被他用頭錘撞暈的金髮少年正顫動著眼皮，同時一點一滴地慢慢掀開眼睛。那雙眼睛射出的全是怨毒和憤恨。

「一刻你眞強，妾身就是需要像你這麼強的部下呀！」織女的身形倏然顯現出來，她跑向一刻，似乎一點也沒被那張沾著青紫和暗紅的臉龐嚇到，她的頭頂上則趴著喜鵲。

體型只有巴掌大小的細辮子少女打了個呵欠，總是古靈精怪的眼像要被掉下的眼皮蓋住。

「妳還眞不死心……不對，我想起來我要問妳什麼了。」發覺現在可不是佩服對方堅定意志的時候，一刻沉下了臉，粗魯地提著織女的衣領，將她提至半空，「妳老實說，妳是不是對我的身體做了什麼手腳？爲什麼我車禍後就可以看見……」

「宮一刻！」充滿憎恨的咆哮傳來，金髮少年提著球棒衝了過來。

「操！學校是沒教過你不要隨便打斷別人說話嗎！」一刻勃然大怒，直接揮拳朝著金髮少年的下巴揍去。

強勁的拳頭貼上了金髮少年的下巴，他的身體甚至因爲這股力道不由自主地斜飛起來，但是雙腳才甫離地，身體猛然又被人下拉。

一刻抓住了金髮少年的領子。

「織女，這傢伙胸前的黑線到底是啥鬼？」一刻沉聲問，「爲什麼我看得見這鬼東西？」

趴在織女頭上似乎快要睡著的喜鵲倏然睜開眼。

「你看得見？」被人拎在半空的織女彷彿比一刻還要吃驚，她瞪圓了漆黑的大眼睛，「一刻，你已經看得見『欲線』了嗎？妾身眞不敢相信……喂，先放妾身下來，這樣是要妾身怎麼好好說話啊！」

織女雙手抱胸，像是使性子般抗議著。

待自己雙腳穩穩地踏在人行道上，織女撫平自己起縐摺的裙襬，重新仰起小臉，這次那張潔白的臉蛋上凝著滿滿的嚴肅。

「你確定你看見的是線?從胸口裡跑出來，細細長長的線?」

「妳這是在廢話嗎?我哪可能認不出什麼叫作線……慢著。」一刻忽然發覺到不對勁的地方，他迅速轉頭盯著那名被他一拳打得半昏不醒的金髮少年，在他眼裡，他確實清楚看見一條極長的黑線從少年的胸口處垂了下來。

不知道是不是錯覺，一刻總覺得那條黑線的長度比他第一眼所見時，還要再長上了一點。緊接著，他飛快地再將視線移回織女臉上。

「妳……」一刻這話不禁問得有點遲疑，「妳該不會自己看不到……那個什麼欲線?」

「妾身只能看到模糊的黑影。」織女伸手指著被一刻抓住的金髮少年，再指向那一地被一刻打趴的人們，「他、他們，妾身知道他們都有欲線跑出來，可是卻無法判斷其長短。因為妾身的神力，大部分已經分散到部下一號、部下二號和部下三號的身上去了。」

「原來是分散到……誰是你的部下三號啊!最重要的是我為什麼要莫名其妙地接受妳的神力?收回去!給我收回去!老子要退貨!」

「你很沒知識耶，一刻。你沒聽過『貨物既出，概不退換』的嗎?」

「而且會死喔。」清脆悅耳的嗓音加入了談話，喜鵲雙手托著臉，悠悠哉哉地說道：「織女大人的神力如果收回去，你或許會死喔，人類。」

「這話是什麼意思?」一刻的神色一凜。

「大人是用神力救回你的，不然你以爲你怎麼有辦法現在還活蹦亂跳？眞是笨蛋、笨蛋、笨蛋。」喜鵲搗著嘴，嗤嗤地笑著。

一刻現在可沒心情針對喜鵲的嘲笑回嘴，他抿緊了唇，神色無比複雜地看著身高不及他腰間的黑髮小女孩。

他不是什麼聖人，絕對不可能在得知對方的神力救了自己一命後，還叫人把神力收回去。他還想活著，死了就眞的什麼也沒有了，而且莉奈姊絕對會跟著淹死在她自己製造出來的垃圾之海中。

這想像令一刻不由得打了個寒顫，太可怕、太寫實了。

「那到底什麼叫作欲線？」一刻會這麼問，就代表他的心裡對充當織女部下一事有些動搖，他不是不懂報恩的人，「爲什麼有的人會長，有的人卻沒有？」

「欲線喔，簡單來說就是欲望之線。不管是好的或壞的，只要超出平衡，欲望就會化成線，從心口跑出來。如果欲望轉淡，線自然就會消失。可是欲望越來越強烈的話，線也會跟著越來越長。不過只要不碰地，就不會將妖怪釣起。」

「妖、妖怪？」就算今天已經見識到神話中的仙女，但是聽到妖怪，一刻還是不能免俗地被嚇了一跳。

「一刻，你的視野不能這麼狹小。身爲妾身的部下三號，眼光可是要放得更遠一些。吾等神仙都存在了，當然也會有妖怪。」織女老氣橫秋地搖搖頭。

在今天之前，他根本就不知道神仙妖怪眞的存在。還有不要把部下三號喊得那麼理所當然，那還沒成爲既定事實吧？

這些話，一刻沒有眞的說出口。他瞪了現在才說出這麼驚人事實的織女，接著瞥了還被自己抓著的金髮少年，黑線只到膝蓋，尙未碰地，應該不需要在意。

一刻抓著人也抓得手痠了，他乾脆鬆開手，將人隨意一扔。

金髮少年跌入同伴們之中，他發出呻吟，神志破碎不清的。他吃力地想再撐開眼皮，但眼中的景物似乎都在搖晃。

「人世間徘徊著很多妖怪呀。而吾等主要打擊的，就是會被欲線吸引，然後吞噬人類的妖怪，吾等將之稱爲『瘴』。對瘴來說，欲線就像美味的餌食，平常他們聞不到這味道，只有欲線碰到地面時，潛藏在地下的他們會狠狠咬住尾端。接下來就像釣魚一樣，咻地一聲——」

織女做了個揮動釣竿的動作。

「瘴被釣上來，釣起他的人類也會被卡嚓、咻吧、砰咚！」

雖然織女最後用了許多奇怪的狀聲詞，可是一刻莫名地領會了她的言下之意。

一言以蔽之，就是再見、掰掰、GAME OVER了吧。

「等一下，妳還沒跟我說爲什麼有的人有？有的人卻……」一刻連忙追問。他很清楚自己也是有欲望的人，然而他的胸口卻連線頭也沒冒出來。

「是人都會有欲望。不對，應該說就算神鬼也會有。像妾身啊，就好想快點達到更高的業績，和牛郎去蜜月旅行。」一說起丈夫，織女頓時陶醉地捧著自己的臉，身周像是開滿了粉紅色的小花，直到一刻受不了地咳了幾聲，她才終止她的美好幻想。

「眞小氣，讓妾身想一下都不行……妾身說到哪了？對了，欲望。聽清楚了，一刻，欲望可不是什麼壞事。只要能控制得當、不超出一個平衡點，欲線就不會長出來。你會想要更多可愛的娃娃，就去搶嗎？」

「幹嘛拿我舉例……」嘴上這麼抱怨著，一刻還是誠實地搖搖頭。他又不是神經病，因爲這些東西就去搶劫。

「就是這樣啦。好了，吾等趕快回去吧，妾身想要坐軟綿綿的床，再來杯熱巧克力。就這麼決定了，部下三號！」

一再被人這麼喊，一刻連回嘴的力氣都沒有了。

無視那些被他打趴在地的人們，一刻和織女走向回家的路。他沒發現金髮少年正搖晃著身體，想要站起。

金髮少年拚命睜大眼，他不能就這樣放過宮一刻，已經輸給宮一刻那麼多次，但宮一刻卻依然沒將自己放在眼裡，彷彿自己是微不足道甚至不夠格進入他眼裡的人。

如此屈辱。

金髮少年站得辛苦，他視野內的人事物都變得模糊扭曲，包括宮一刻，包括那個小鬼頭，包括……

少年的雙眸陡然睜大，他不知道是不是自己產生了幻覺。他居然看見在那小鬼的頭髮上趴著一個只有巴掌大的女孩子。

那名少女綁著多條細辮子，背上長著一對如鳥的翅膀，烏黑的眼睛對上自己。

少女對自己露出了笑，她張開嘴唇，慢慢地做出唇形。

按照彼此間的距離，金髮少年覺得自己不可能聽得見她的聲音，更遑論看清她的唇形。

但是，少年卻聽見了。

清脆悅耳的聲音，清晰無比地在他耳畔響起，像根錐子狠狠地扎進他的腦袋裡。

那個聲音發出嗤嗤的笑聲，說：「輸給宮一刻，膽小鬼，沒用的廢物。」

有什麼東西斷裂了，眼前被一陣鋪天蓋地的黑霧掩住。

「宮一刻……」金髮少年咬牙切齒，他徹底地扭曲了臉，「宮一刻——」

第四針

「宮一刻──」

怨毒無比的咆哮倏然自背後響起，一刻幾乎是感到厭煩地頓住腳步，捏緊拳頭轉過身，決定這次一定要打得對方再起不能。

死纏爛打的，他媽的煩不煩啊！

白髮少年確實是轉過身了，但握起的拳頭卻遲遲沒有揮出去。他看見金髮少年站立著，本來就因受傷而嚇人的臉孔，添了怨毒憤怒的表情後變得更加恐怖。

當然，一刻並不是因爲對方的臉才一時間無法反應。他的視線死死盯住金髮少年胸口垂出的黑線，那線很長很長，長得過了膝蓋，過了腳踝……

宮一刻倒抽口氣，那黑線竟然是碰地的！

同樣倒抽口氣的人還有織女。

抱著兩隻小牛、穿著滾邊洋裝的小女孩，瞪著的是少年腳下的地面。看不清楚欲線的她並不知道長短，可是她卻看見了那名金髮少年的腳下，黑影翻騰。

那是瘴即將被釣起的前兆！

「一刻你混蛋！你不是告訴妾身說線還沒碰地嗎？」

「我剛看明明只到膝蓋，誰知道它會立刻長到地上？X的，比泡麵還快！」

「不可能啊！欲線需要時間才能增長，除非有什麼因素刺激……糟了，來不及了！一刻快後退，瘴要被釣起了！」織女尖聲急促地喊。

一刻沒有多想，他挾著織女迅速後退。然而才剛退一步，一股巨大風壓已猛烈襲來。

這突來的勁道吹得一刻站不住腳，他整個人倒飛出去，重重摔在數公尺外的人行道上。疼痛從撞擊到紅磚地的身體各處湧出，但一刻卻像是沒有感受到，他抱著跟自己一塊飛出的織女，仰起頭，難以置信地瞪著眼前荒謬的光景。

那簡直像是假的，不可能發生在這個世界上，可是卻又再眞實不過地發生了。

一團巨大的、看不清是何種形態的黑色之物從地底下躍了出來。他的嘴巴緊緊咬住了從金髮少年胸口垂出的欲線，他像被釣起的魚那樣咬著線的尾端，連同釣線一起高高彈躍到空中，覆蓋住了金髮少年的頭頂。

那就是……所謂的瘴嗎？一刻的臉色微白、喉頭乾澀，那超出常理的異形之物下意識地令他感到冰冷排斥，還有不安。

而金髮少年彷彿看不見自己身上發生的變化，錯愕地看著一刻等人莫名其妙地飛出。他不懂宮一刻他們爲什麼會驚駭莫名地望著自己。

倏然間，金髮少年感覺到自己的頭頂上方變暗。

那種感覺，就像是有什麼東西遮在自己的頭頂上……金髮少年下意識地仰起臉，然後馬上就後悔了。他看見的不是夜空，而是更黑暗的黑暗，黑暗朝他兜頭蓋下。

金髮少年的雙眼猛地瞪大，卻連慘叫聲都來不及喊出口，黑暗一口氣從頭吞噬了他，將他整個人包覆其中。

望見此景的還有其他尚有意識的少年。他們雖然看不見瘴被釣起的瞬間，卻親眼目睹了他們的老大毫無預警地被一團從天而降的黑暗吞得消失無蹤。

他們完全無法理解眼前發生了什麼事，從未想過的衝擊畫面讓他們的大腦一片空白。直到吞掉他們老大的黑暗無聲地蠕動並改變形體——長出了四隻粗大的手臂，從頭到腹部裂出一張長滿森白利齒的大口，數隻猩紅色的眼睛則從嘴巴旁冒出。

緊接著，如同瞳孔似的黑點從那些紅眼內浮上，並且在一瞬間全都轉往他們這個方向。那些還保有意識的少年們終於打了一個激靈，驚覺過來那是什麼。

怪物、妖怪。

「救……救命！妖怪！有妖怪！」

「妖怪出現了！」

「啊啊啊啊啊啊啊啊啊！」

慘叫聲、悲鳴聲頓時此起彼落地響起，不管是有力氣或沒力氣的人全都落荒而逃，有些人甚至連滾帶爬。

一下子，紅磚人行道上只剩下四臂妖怪還有一刻他們。

紅眼四臂的妖怪沒有追著那些逃跑的人們，他的紅眼睛一隻隻地改變了視線的方向，黑點似的瞳孔陸續從左移到右。

那是一幅相當詭異的畫面，尤其是對被看的人而言。

所有的眼睛都盯住了同一個方向，所有眼睛都納入了白髮少年的身影。

「他看著我幹嘛……」一刻有些心驚膽顫地問。就算他可以毫無畏懼地對上一群圍堵他的不良少年，但現在面對的可是一隻妖怪。

「妾身……妾身也不知道……」織女緊張地等待前方妖怪的舉動。

這種感覺就像是被氣氛制約住了，一時間誰也不知道該不該搶先出手。

當然，這感覺或許只有宮一刻和織女有。

四臂妖怪的嘴巴張得更大了，從裡面傳出了含糊低沉的聲音，仔細聽，那音節竟像是——

「宮……一……刻……」

「一刻、一刻，他在叫你耶！」織女用力抓著一刻的衣領，「瘴會吞噬人心，和人類融合，並將心裡最強烈的欲望無止盡地擴大。剛剛那金毛的只想打倒你，所以這妖怪一定也是這麼想……」

織女閉上了嘴，吃驚地看著那隻喃唸一刻名字的妖怪，身體竟像吹氣球般越變越大。

「宮一刻……」四臂妖怪的身高已超過一層樓，全身的眼睛都在閃動著不祥的紅光，他驀然放聲咆哮，「宮一刻！」

「幹！爲什麼衰小的是我？」一刻飛快地彈起，抱著織女掉頭就逃。

體型巨大的四臂妖怪咆哮著追了上來。

「織女大人！」織女頭頂上的喜鵲飛起，她伸手抓住織女的一根手指，翅膀拍動一下，銀光乍閃。

一刻猛然覺得臂彎一空，原本的重量消失得無影無蹤。他錯愕地低下頭，發現自己應該抓著的織女竟已不見蹤影。

「一刻，快接住這個！快點跑！」童稚的小女孩聲音從上頭落下。

一刻反射性地抬起頭，一隻比人大的喜鵲展翅飛在空中。細眉大眼的黑髮小女孩正從牠的背上探出頭來，對著下方大叫，同時還扔下了一個東西。

一刻瞬間只想咒罵織女。什麼快點跑？她是被載著在天上飛，當然說得容易！

但一刻的身體仍下意識地依言而行，他伸高了雙手，雙眼緊盯著那筆直落下的不明物體。

爲了接住它，一刻的身體往前傾，差點失去平衡狼狽地撲倒在地。

在雙手確實抓握住那物體的瞬間，一刻的耳邊又一次響起織女心急的尖叫。

「一刻，快趴下！」

一刻的身體想要執行這個動作，但他的雙腳卻控制不住往前的腳步，這下子身體是眞的失去平衡了。白髮少年整個人無比狼狽地撲倒在地，臉部傳來被摩擦到的刺痛。

「超痛……」一刻齜牙咧嘴地呻吟著，他抓緊手中的東西，急著想重新趕快爬起，他可沒忘記身後那追著自己的要命妖怪。

一刻才剛撐起手臂，幾乎是同一時間，他感覺到有什麼東西「唰」地一聲從自己的頭頂上方飛掠而過。他的頭髮都被吹得豎起了，寒毛也同時豎直。

緊接著，一刻便聽見他的前方傳來沉重的聲響。

一刻連忙看下前方，他的眼睛差點直了，「靠杯，眞的還假的……」

一刻前方不遠處，原先豎著一根筆直的細長路燈。會說是「原先」，是因爲那已經是過去式了，此刻映在一刻眼中的路燈，已被一條漆黑粗壯的手臂打成く字形。

對，他沒有說錯，被夾在燈柱之間的，確實是一條貨眞價實的手臂。

手臂突然動了一下，下一秒便脫出扭曲變形的燈柱，騰空飛起，飛劃過一刻的上方。

一刻無法自主地隨著那隻飛起的手臂移動視線。他仰起頭，再扭過頭，張口結舌地看著那手臂回到妖怪的其中一隻手中，再像接零件般地將之接回。

「不是吧？還能將手臂當成迴旋鏢使用？」一刻嚥下唾液。

重新回復四隻手臂的妖怪又邁開大步，朝著地上的一刻步步逼近。

「喂！你這個沒用又醜陋的大個子，妾身可不准許你不將妾身放在眼裡！」突來的高亢童音吸引了四臂妖怪的注意力，所有紅眼睛刹那間全望向聲音來源處。

織女騎著喜鵲，對他示威性地揮舞著小拳頭。

「過來啊！快過來妾身這啊！」織女大叫著。

一刻哪看不出來織女是想引開那妖怪的注意力，他趕忙趁機爬起，他想提步就衝，可是眼前變成「く」字形的燈柱卻使他遲遲無法跨出一步。

那妖怪只不過是隨手一擊，就將路燈砸成這樣。如果、如果……跑向住宅區的方向呢？

宮一刻瞬時湧起了寒意。現在的一切都是眞實的，眞的有妖怪，而且那妖怪眞的破壞了現實中的東西。

想到這裡，一刻再怎樣都無法往前跨出一步。

「一刻快逃！」

織女驚慌的大叫喚回了一刻的神志，那四臂妖怪居然無視織女的挑釁，他發出低沉的咆哮，從頭延展到腹部的嘴越裂越大。

一刻一點也不想被那張血盆大口吞進去，他罵了聲幹，只能選擇往回衝。

織女簡直不敢相信自己的眼睛，白髮少年竟然對著妖怪的方向衝了過去！

「那人類是嚇到瘋了嗎？」喜鵲不以爲然地說道。

「喜鵲，過去！快過去！」織女慘白著小臉，她拚命地催促身下的坐騎掉轉方向。

「織女大人，就算我過去也救不了他的！他還沒正式運用力量，我沒辦法抓住他或是讓他坐在……」

「不管，就是快過去！一刻你不要做傻事！宮一刻，妾身不准你擅自找死！你還沒對妾身說我願意，還沒爲妾身獲得蜜月……」

剩下的句子全部中斷了，織女張著嘴，喜鵲也張著嘴，她們幾乎要懷疑起自己的眼睛。她們見到白髮少年跳起，發狠似地一腳重踹在四臂妖怪因爲伏低而彎下的腦袋上。

四臂妖怪倒了下去，頭顱撞在地面上。

一刻趕緊從他身邊越過去，拉開距離。他大口地喘著氣，也沒想到這擊眞的會成功，他只是拿出痛揍敢嘲笑他喜好的不良少年的力氣而已。

利用這個空檔，一刻迅速張開握緊的掌心，想看清織女扔給他的是不是什麼救命工具。

這一看，宮一刻徹頭徹尾傻了。

是工具沒錯。

但一盒針線組見鬼的是要怎麼救命！

「織女，妳是拿老子耍著玩嗎？」一刻怒不可抑地吼道。

「針線盒，妾身竟然差點忘了針線盒！」織女卻是神色一喜，「一刻，快點拿出線圍住周圍，讓現實變成非現實！」

多遠？

「什……」一刻啞然，他可以說他聽不懂織女在說什麼嗎？這麼細的線，是能圍住他周圍

「織女，這種時候不要跟我開玩笑！」

「沒禮貌，妾身可不是開玩笑！那妖怪就要起來了，一刻你快圍啊！只要心裡想著圍住附近土地，再扯下線就可以了！」

就算覺得這話太匪夷所思，但是在別無他法的情況下，一刻只能死馬當活馬醫了。他從盒裡掏出一綑白線，在四臂妖怪爬起、全身眼睛迸出憤怒紅光朝自己奔來之際，將線一拉一扯，心中只有「把附近土地圍住」的這個念頭。

把土地圍住、把土地圍住，無論如何都給他把附近的土地圍住！

刺眼的白光毫無預警地從白線上閃現，一刻反射性地瞇起眼，但他仍能看見發出光的白線以迅雷不及掩耳的速度往高空疾竄，圈成了一個圓；然後那圓在眨眼間擴大再擴大，一下子就將方圓約一百公尺的區域一併圈圍在其中。

圈內所有景物建築在一瞬間似乎產生疊影，就像是有兩個一模一樣的空間重疊在一起。很快地，那種疊影般的錯覺便消失無蹤，一刻所見的景物和平時又再沒什麼不同。

四臂妖怪似乎也感覺到有什麼異樣，他停住腳步，狐疑地東張西望，顯然沒辦法瞧見那圈將他們包在其中的白光。

「一刻，再來是抽出針，那會是你的武器！」織女從高空喊著，「你不用擔心旁邊的東西被破壞了！只要是在結界裡面，發生的一切破壞都不會反映在現實上！」

聽見不需要擔心身邊物品毀壞，一刻確實鬆了一口氣。可還有一個問題是……

「這小不拉嘰的針妳是要我戳他哪裡？」別先在戳進皮膚前折斷就好了。

「你就不能聽妾身全部說完嗎？」

「拜託妳一口氣說完！」面對織女的抱怨，一刻咬牙切齒地回道。照這種速度，恐怕在她說完之前，他的小命就先不保了。

面前的四臂妖怪就像察覺不到異樣，放棄了東張西望。那些往四周移去的黑點瞬間歸回中央，猩紅色的眼睛瞬也不瞬地盯住了正前方的白髮少年。

當所有眼睛中都納入了白髮少年的身影，四臂妖怪同時也採取行動。他大步如飛地朝著目標物疾奔過去，發出震耳欲聾的咆哮，像是巴不得將對方吞下肚。

一刻在心裡罵了聲娘，難道真要用這麼迷你的針，跟那差不多有他一個人粗的手臂對打嗎？開什麼狗屁玩笑啊！一刻連忙一退，想要尋找閃避的方向。然而四臂妖怪這次就像猜測到他的意圖，四隻手臂「唰」地一聲伸長，竟是從四個方向朝著一刻襲去。

「一刻、一刻，快點跟妾身唸！」織女沒辦法靠近，只能在外圈焦急地打轉，「我，宮一刻，發誓對織女奉獻真心、忠誠，無論何時都不離不棄，在此說出我願意！」

爲什麼在這種危急時刻，他還得說出這麼恥的台詞？一刻只覺得雞皮疙瘩都要站起來，但眼見四隻巨大的手臂就要砸到眼前，他咬牙，豁出去地跟著高聲叫喊。

「我，宮一刻，發誓對織女奉獻眞心、忠誠，無論何時都不離不棄，在此說出我願意！」

潔白無垢的光芒瞬間迸射出來，眨眼間拉長拉細。

巨大的四隻手臂撞在白光上，發出了震耳的音響，一刻甚至退了一、兩步。

就僅僅是退了一、兩步而已。

一刻呆了一下，他有些不敢相信地看著自己雙手握的東西。還是針沒錯，可是尺寸已經和一把劍差不多。

一刻的呆然只有一瞬，在手臂夾雜著勁風揮擊過來之前，他及時扯回神智，身體壓低一側滾，避開了對方的攻擊範圍。

一刻立刻站起，吃驚地看著自己和妖怪之間的距離。確實如他所預測，他避開了對方的攻擊，但這距離……和他估計的也差太多了，簡直就像是控制不住力量，結果不小心跑得太遠。

還有，身體似乎比平時還來得輕？

一刻握住針，眉眼間閃著一絲若有所思的樣子，但很快便轉爲狠勁。

「一刻你這笨蛋，不要分心！」織女看見四臂妖怪又要展開攻擊，一顆心忍不住提至喉嚨，「快點趁勝追擊！」

一刻沒回話，他當然發現了四臂妖怪的動靜。他深吸一大口氣，眼神閃動著如同野獸捕食的凶狠光芒，腳下的步伐在下一瞬間急速蹬出，竟是直接向著那朝自己逼近的龐大身影衝出。

妖怪身上的紅眼全都綻出可怕的血紅光輝。

「殺掉、殺掉……」四臂妖怪放聲咆吼，「宮一刻，殺掉！」

「有種就來啊，混帳！」一刻的嘴角扯出狂傲的笑，他靈活地避開那些接二連三揮來的手臂，地面被砸出一個又一個的坑洞。

在又一隻手臂大力揮下之際，一刻跳了起來，踩上那隻手臂，用著驚人的速度一路順勢衝上，竟然將之當成踏板。在四臂妖怪還未反應過來前，他已經奔至對方的肩膀上，再猛然加速地一個跳躍。

那是人類跳不到的高度，可是此時此刻的宮一刻就好比一隻飛鳥，躍過了妖怪的頭頂，然後急速沉下身勢，手中的白針抓緊機會，迅雷不及掩耳地朝那片漆黑的後背狠狠捅進。

鋒銳的長針如熱刀切奶油般，大半都沒入了妖怪的血肉，只餘柄端還暴露在外。

一刻抓著那留在外邊的針柄，整個人也跟著懸掛在半空。

這一針顯然讓妖怪感受到極大的痛苦，四周全迴盪著那嚇人的嘶號。

但是，超出一刻預料之外的事情發生了。

他正打算使勁抽出長針，從妖怪的身體上跳下的剎那，一雙大手無預警地伸來，連針帶人地一把抓握住。

四臂妖怪發出更加狂暴的吼叫，他拔出了針，將來不及反抗的一刻狠狠地揮砸出去。

「一刻！」織女驚恐尖叫。

一刻只聽到風聲強勁地從他耳邊呼嘯而過，其他的好像什麼也聽不見。他的身體就像一顆倒飛出去的炮彈，不受意志控制，最後只能撞在地面，碎了骨頭或不知哪個部位。

「線之式之八，蛛網！」

眼看白髮少年距離地面越來越近，卻在僅剩下不到一公尺的瞬間，這個被結界圍起來的區域又傳來了一人的聲音。

那聲音相當年輕，聲音聽起來中性而纖細，乍聽之下有些難分男女。

不過一刻卻沒聽清這道聲音，他耳邊的風聲太過刺耳；他唯一能感受到的，就是背後突然接住他的彈性物體。

一刻撞上了一張原本並不存在的大網，他的身軀彈震了幾下，大腦被空白侵佔，彷彿一時間仍沒辦法理解發生了什麼事。

但是事情還沒結束，一刻才剛覺得自己的身體穩定下來，他的面前隨即迎來大片黑暗。

背部受到一針，加上目睹一刻就在前方，四臂妖怪身形不穩地衝了過來。只不過他背上的那道傷口似乎真的造成了不小傷害，他沒辦法控制好自己的雙腳，反而越過了一刻，狼狽地往前撲去。

本該鬆口氣的一刻卻是彈跳起來。

「結界！」一刻臉色大變，他想到妖怪倒下的方向就是他所設的結界邊緣。

萬一他壓斷了線，大半的軀體真的倒出結界外……一刻一顫，他還記得現實中那根燈柱的下場。要是這妖怪壓到人，或是……

一刻不敢再多想，他伸手打算再取出白線，試著再施下新的結界。

強烈的暈眩感襲上一刻的眼前，他甚至站不住腳，只覺視野內被乍現的黑暗包圍。

一刻同樣也控制不住自己的身體，他雙腿無力地往前一跪，用上僅存的所有力氣，勉強將針刺入地面，穩住自己不跌跪在地。

該死的，這是怎麼回事？一刻覺得自己的身體重得不像話，就像海綿丟進了水裡一樣，簡直不像是自己的身體。他拚命想保持清醒，他還記得四臂妖怪會跌到結界外。

「線之式之一，封纏！」還沒等一刻有所行動，他的手臂忽然遭到某種力量綁制住，不讓他的手指打開針線盒，接著一道纖細又中性的聲音響起，「你不需要心急，宮一刻同學。」

沒想到會從陌生人口中聽見自己的名字，一刻反射性地心生警戒。他用尚能活動的僅剩手指，反手抓上那纏住他的白線，青筋伴隨著肌肉賁起，他硬生生地扯斷了線。

恢復自由的手臂隨即探向白針，就在一刻準備拔針對那道聲音的主人相向時，他瞥見了在他的結界外層，竟又再繞上了一圈白光，眨眼就將更廣大的地區包籠其中。

四臂妖怪體力不支撲倒在地，他壓斷了一刻的結界邊緣，卻依然被圍困在第二層的結界中。

四臂妖怪沉重地喘著氣，身上眼睛的紅光變得暗淡。隨著喘氣帶起的起伏，他背上的傷口湧滲出更多鮮血。

「一刻！」織女乘著喜鵲飛快地靠近，喜鵲還沒停佇下來，她就已經七手八腳地跳了下來，嬌小玲瓏的身影飛也似地撞向了一刻，「一刻你沒事吧？你害妾身擔心死了！你可是妾身好不容易找到的部下三號，你都還沒幫妾身衝到更高的業績，你絕對不能有事的！」

一刻連話都說不出來。他原本還算沒事的，但是現在被織女毫不客氣地一撞，沒事頓時都變成有事了。

宮一刻「咚」地一聲被撞倒在地，他抓緊殘存的神志，他還有一堆事想問，他的目光望向了出手救他的人影。

那是一名個子纖細、五官精巧的女孩子。

沒有綁束的長髮整齊地披散在背後，長襬的短袖上衣套著一件小外套，卡其色短褲下露出線條優美的長腿，再踩著一雙鑲有水鑽的高跟涼鞋。

就算是平常不太注意女孩子的一刻——他的人生總是被不請自來的打架佔去一半——也覺得對方絕對符合「正」這個形容詞。

是名正妹，還是長腿的。

「你好啊，宮一刻，我是織女的部下二號夏墨河，你稱呼我墨河就可以了。」長髮女孩笑咪咪地朝一刻伸出手，態度落落大方，彷彿不覺得臉上掛彩、外表看起來凶狠萬分的一刻哪裡可怕。

「妳……」一刻沒有伸手，事實上他的手臂都快抬不起來了。他瞇細了眼，眼中帶著謹慎的意味，「爲什麼妳知道……」

「部下二號，爲什麼妳知道一刻的名字？你們認識嗎？妾身明明沒替你們介紹過啊。」織女快一步地問出心中的疑問，「爲什麼妳也在這個地方？」

「其實我跟尤里剛好感應到瘴的出現，就追來了。」夏墨河有條不紊地解釋，臉上的微笑沒有消失，「我和宮一刻同學嚴格來說不認識，不過他在利英很有名，很少人不知道他。」

「尤里……」又是哪位？難道說就是織女的部下一號嗎？一刻的視線忍不住多停留在那張美麗的笑顏上好幾秒。

並不是他被那不帶絲毫畏懼的笑容吸引，而是直覺告訴他，這個叫「夏墨河」的女孩子有某個地方不太對勁。

而且她還提到利英……還沒等一刻看出端倪，他的注意力已被夏墨河身後滾來的一顆球給攫住。

不對，那不是什麼球。一刻睜大了眼睛，那是個胖嘟嘟的小胖子！

「織女大人！墨河！嗚啊啊！天啊，這隻瘴大得好可怕！」小胖子抖動著身上的肥肉，在經過那四臂妖怪時忍不住白了臉，戰戰兢兢地繞著他走，再忙不迭地衝了過來。卻在只剩數步距離的時候，不知道絆著了什麼，圓滾滾的身體就像球似地滾了一、兩圈，四肢趴地地跌到一刻面前。

一刻呆呆地瞪著那應該是部下一號的小胖子。

「嗨，一刻大哥……」看起來跟一刻差不多年紀的男孩露出憨傻的笑容，「嘿嘿，我是尤里，織女大人的部下一號。雖然我不是利英的學生，不過一刻大哥你在這地區真的很有名，沒想到我竟然能跟名人當同伴呢！」

說到後來，尤里甚至熱情地抓住一刻的手，胖呼呼的臉上掩不住興高采烈的情緒。

一刻繼續呆愣。他平常接收到的目光都是忌憚和畏怕，敢靠近他的人更是少之又少，沒想到現在一連就來了兩個不怕他的人？

「這啥啊……」一刻喃喃地擠出話。就算他平時對旁人畏懼自己一事沒有多放在心上，卻不代表他對於有人願意接近自己感到毫不在意。事實上，他的心裡還忍不住泛起了感動。

雖外表「不良」、氣質也「不良」，喜好挺少女的宮一刻其實某些神經也像少女般纖細。

「一刻大哥……你不介意我叫你大哥吧？」尤里依舊興奮異常地抓著一刻的手，「其實我啊、我啊，一直想親自再見你一面的！你還記不記得……」

「說話就說話，不要抓著老子的手不放！」一刻看似不高興地揮開那一雙肉肉的胖爪子，其實卻是在掩飾他的害羞。

一面維持著臉上的凶惡表情，一面強忍著還不肯退去的強烈暈眩感，一刻裝作沒看見尤里彷彿在發光的眼睛，故作不經意地將視線投向了趴伏在地面上的四臂妖怪。

一刻的瞳孔瞪大，「在縮小……那妖怪在縮小！」

「你說瘴在縮小嗎？用不著在意的，當瘴的力量減弱時，就會漸漸還原成人類的模樣，接下來只要把欲線全部弄出來……」織女像是要一刻放心般地揮揮手，跟著把注意力轉向了那隻體型正在縮小的妖怪。

這一望，漆黑的眸子裡卻閃過了驚愕。

織女抽了一口氣，「不對，他不是在還原……墨河、尤里！快點抓住那隻瘴！」

少女和男孩還沒理解發生了什麼事，下意識地依令行動。

其中夏墨河的速度最快，就連一刻都還沒看清她的手指做了什麼動作，耳邊已經響起那道纖細又中性的嗓音。

「線之式之一，封纏！」

還纏在一刻右臂上的白線瞬間像被灌注了生命力，以超乎尋常的速度，宛若箭矢般，高速地逼近身體越來越小的四臂妖怪，

可是，卻終究是來不及了。

當白線刺上地面的同一瞬間，漆黑的妖怪就像融化般的爛泥，咕嚕一聲全部滲進了地面下，白線什麼也沒有抓捕到。

「怎……怎麼會？」夏墨河的微笑僵住。

「怎麼不會？夏墨河讓瘴溜走了哪！」恢復成人形的喜鵲拍動翅膀，停在半空，烏黑的眸子不客氣地傳遞出訕笑之意，「笨蛋、笨蛋、笨蛋！」

「煩死了，妳才全家都是笨蛋！」一刻使勁地搶過織女抱著的一隻小牛娃娃，往半空中的喜鵲扔去。

「哇啊！」喜鵲被擊沉，哀叫一聲，讓小牛娃娃壓得翻不了身，「宮一刻你混蛋！混蛋白毛！」

「喂，妳會不會是沒唸出那個什麼台詞，所以力量沒全部發揮出來？」一刻緊皺著眉頭，認眞地問著夏墨河。

「咦?台詞?」夏墨河漂亮的臉蛋上流露出困惑。

「台詞?台詞?啊,難不成是一刻大哥你唸的那個?」尤里的反應快,他恍然大悟地擊了下手掌,「向織女大人表達忠誠之心的那個?那就算不用唸也沒關係啦。」

「啊?」困惑的人換成一刻,他記得就是他唸完之後,手上的針才跟著出現了變化。

「原來是說那個。」夏墨河似乎也反應過來。她微微一笑,「其實只有第一次使用武器的時候才需要對織女說出『我願意』,以表達自己是真心要締結靈魂契約。而且,只要說出『我願意』三個字就夠了。宮一刻同學能喊出那段話……沒想到你還挺熱血的呢。」

「啥?」一刻睜大眼,有些不敢相信自己聽見了什麼。只要說我願意就好?那他被迫喊那麼一大串究竟是……

一刻慢慢地將視線轉至織女臉上,那時候可是她叫他跟著喊的。

「哎?」細眉大眼的小女孩挺起了小胸膛,理直氣壯地抬起下巴,「妾身就是想聽年輕小伙子對妾身這麼說嘛!不可以嗎?」

幹,算妳狠!宮一刻差點吐血,他這次是真的忍不住地默默對織女比出了中指。

然後眼一閉,再也支撐不住地昏死過去。

第五針

這是一個相當普通的星期三早晨。

利英高中的校門口，一如往常地擁進了從家裡趕來上課的學生。有的人一臉倦意地打著呵欠；有的人低頭默默行走；也有的人和路上遇見的同學一邊聊天，一邊走進校門裡。

「欸欸，妳知道嗎？」一名穿著制服的短髮女孩壓低聲音，故作神祕地對身邊朋友說道。

「知道什麼啊……」和短髮女孩同班的馬尾少女回話時不是很有精神，她掩口又打了一個呵欠。

「就在我家附近，就是水東路那邊啦，發生了一件超奇怪的事情！」

「什麼事值得妳這麼大驚小怪？妳就不能下課再跟我說嗎？我累死了……我家那個白痴哥哥昨晚不知道跑去哪鬼混，三更半夜才回來，還吵得我們全家睡不著覺。直說他看見妖怪，今天還堅持不來學校……妖怪、妖怪的，他跟著的那個江言一才叫妖怪吧？」

「噓、噓！小聲一點啦！人家可是二年級的老大，萬一被他聽見的話……」

「放心啦，那種人哪可能準時來上學？妳到底是想跟我說什麼，妳家附近是發生什麼奇怪的事？」

「對對對，我就是要跟妳說這個。我們家那邊啊，有一根路燈整個凹成奇怪的形狀，就像是被什麼狠狠撞上一樣。可是最奇怪的是，不知道是什麼撞上的耶！」

「有什麼好奇怪的？半夜有人開車撞的吧？」

「不是啦！地上根本就沒有擋風玻璃的碎片，也沒有其他殘骸……而且如果是車子撞的話，車主才不可能安然無事。那個路燈可是凹得有夠誇張，就像被人凹成く字形！妳看，就像這麼長，然後……」

像是爲了要讓朋友信服，短髮女孩朝兩旁伸開手，打算要表演動作，卻沒想到手這麼一伸，右手剛好打到了一旁的學生。

「好痛！喂，你搞什麼啦！是不會走旁邊一點嗎？」短髮女孩不高興地轉頭抱怨，想要給那名穿制服的男學生一記白眼。

然而才剛一轉頭，女孩的俏臉瞬間褪去所有血色，刷成一片雪白，身體甚至控制不住地發起抖來。

「欸，妳這樣說也太過分了……明明是妳先打到人家的……」看不過去同學的行爲，馬尾少女連忙拉拉對方的袖子，「同學，不好意思，她只是……」

馬尾少女本來想替同學向那名遭受無妄之災的男學生道歉，可是當她看清對方長相時，她也畏懼地倒抽了一口氣，抓著同學袖子的手指也忍不顫抖起來。

短髮女孩打到的是一名白髮少年，那頭炫亮的頭髮在人群中格外顯眼，在利英高中裡甚至等同一個標記。

少年雖說穿著制服，但該打的領帶卻是鬆垮垮地掛著，領口敞開。加上掛在雙耳上的多個耳環，臉上還有些青紫痕跡，光是外表就令人心生不敢靠近之感。更遑論那一雙染著黑眼圈的眼睛，此刻更是狠狠地瞇起，陰沉的眼神就像要將惹到他的人生吞活剝一樣。

「宮宮宮宮……」馬尾少女連聲音都在抖了。她也是一年級的，怎麼可能不知道面前這宛若凶神般的可怕人物？

同樣是一年級，據說才開學沒多久就在前些日子將二年級的不良少年老大打到住院的——

「宮一刻……」短髮女孩像是快哭出來地呻吟著。她的音量雖小，但那三個字瞬間還是在附近原本沒注意到的其他學生之間掀起一陣驚慌失措的波瀾。

在極短的時間內，短髮女孩她們的身邊就成了淨空狀態，誰也不想在一大早就和學校赫赫有名的不良少年有所牽扯，更怕會無故被捲入事端。

「對、對不起，我們不是故意的……」馬尾少女緊抓著同學的手臂，那畏怕瑟縮的模樣好像隨時可能會暈倒。

「……啊？」頂著一頭炫亮白髮的宮一刻挑起眉，瞥了兩名臉色蒼白的女孩子，視線再往下，他喃喃地說了一聲，「……沒有線，是作夢吧。」

而就在女孩以爲會遭到暴力對待的時候，他卻已收回視線，彷彿覺得索然無味地從她們身邊經過。

沒有怒罵，沒有動手，白髮少年什麼反應也沒有便直接離開了。

這太過意料之外的發展，令兩名女孩和目睹這一幕的學生們都感到極為不可思議。

「他……沒打我們？」短髮女孩吶吶地說。

「也……沒罵我們？」馬尾少女幾乎認為自己在作夢。

不是都傳聞宮一刻脾氣火爆，和人一言不合就會動起拳頭嗎？

沒有發覺背後投來目瞪口呆的目光，一刻掩口打起了一個大大的呵欠，眼皮還是痠澀得像要掉下來。嚴重的睡眠不足使得他本來就不可親的臉龐，看上去更加嚇人了。

黑眼圈加上猙獰的面孔，還有那些明顯的青紫瘀痕，一路上嚇到了不少學生。

有的人一瞧見一刻，便馬上彈開到牆邊，深怕自己擋著了他。

這些，一刻似乎都沒有看見，他的心裡只有一個念頭——那就是進到教室內，然後給他狠狠睡上一覺！什麼事都別管了，包括昨晚像夢般的事情！

事實上，一刻還在懷疑昨夜種種是不是只是自己的一場夢，其實他倒完垃圾就回房裡睡了，根本就沒有什麼織女、喜鵲，還有名為「瘴」的妖怪。

……如果不是這樣的話，他今天一早醒來的時候，為什麼會發現自己是躺在床鋪上、他的粉紅色房間裡？

而視野所及，也沒有一名細眉大眼的可愛小女孩昂起下巴，用著頤指氣使的語氣對他說：

「部下三號，早安哪，今天也要為了妾身的業績而努力！」

這是假的，他只是作了一場荒誕的夢而已。一刻這樣告訴自己。更何況，他今早一路走來，也沒看見再有什麼黑線從他人的胸口中跑出。

所以……是夢沒錯吧？

一刻覺得周遭的現實都在這麼告訴他，然而心中爲什麼還有個聲音小小聲地反駁，反駁昨夜一切絕非是一場夢。

一刻越想越不明白，越想頭越痛，臉上的表情也就越發地嚇人。

一進到人數尚少的教室裡，一刻立刻實踐他方才的念頭——拉開椅子坐下，直接埋頭趴在桌上，一副誰也不准來吵的姿態。

這名白髮少年眞的從早自習一路趴到上課。

一開始，第一節課的數學老師還想警告一刻，但在瞧見對方睜著滿是血絲的眼，殺氣騰騰地抬起頭後，他瞬間斷了所有想法。

接下來的幾堂課，或許是從數學老師那聽到什麼，其他老師誰也沒再主動喚醒坐在教室最後一排狂睡的少年。

一刻連下午的課都睡掉了，他的意識一直飄浮不定。許多畫面不停掠過，想仔細觀看時，卻又什麼也捕捉不到。

「妾身是高貴無比的織女大人，牛郎最愛的妻子，天帝的小女兒！」

「宮一刻，殺掉！」

「線之式之一，封纏！」

「一刻大哥……你不介意我叫你大哥吧？」

有誰在說話，有誰在咆哮。

有誰的多隻眼睛正發出不祥的血紅光芒。

那隻瘴，被逃掉的妖怪！

「一刻？一刻？」

一刻聽見有人在喊著他的名字。

那是一道平靜又熟悉的女聲，但對於現在依舊想睡得要死的他來說，那只是一道吵死人的聲音。他一動也不動，完全不想給予任何回應。

「一刻？」那聲音像是不懂得放棄似地，很快又響起，並且帶著一種宣告的意味，「好吧，一刻，你可不能怪我手段粗暴了。」

粗暴？什麼東西粗暴？正當一刻用他那僅剩少數的一絲清明試圖思考時，一股狠勁的力道瞬間朝著他的腦袋搧下。

那力道大得只要是人都會覺得痛，更何況一刻只是想睡得要死，又不是真的死了。

「幹！」白髮少年摀著頭反射性地站了起來，猛烈的力道甚至讓身後的椅子整張翻倒，砸出了響亮的聲音。

過大的聲音似乎讓一刻回神了，他按著依舊發疼的後腦，在瞧清眼前景象後，眼神裡的凶狠漸漸消弭下去。

被擦得乾淨的黑板、空盪盪的講台，還有連書包也沒掛在上頭的課桌椅。

宮一刻想起來了，自己是在學校教室裡——雖然這教室現在未免也空曠得太過分了。

一刻轉頭看看四周，窗外的天色呈現一片耀眼的金橘。他再轉頭望向另一邊，毫不意外地撞進一雙色素淺淡的藍眼睛裡。

一刻耙了耙頭髮，拉起椅子再一屁股坐下，接著他將額頭撞向桌面，發出咚地一聲。

「一刻，你要拿臉擦桌子我不會阻止你，如果你真想這麼做的話。」平淡甚至帶有一絲清冷的女聲再次響起，「不過我覺得你應該先把東西收一收，待會蘇冉就要過來找我們了。」

一刻扭過頭，臉貼著桌面，一雙眼睛則是望向了站在他身旁的長髮少女——他自小就認識的青梅竹馬，同時也是他們班的班長。

少女的名字是蘇染，就算戴著一副粗框眼鏡，也遮掩不了那張清麗的面孔。過腰的髮絲紮成兩條細長辮子，渾身上下都散發著強烈的知性美感。

而最奇特的，要屬於她的眼睛。並不是東方人特有的黑或是帶點深棕的顏色，那是一雙藍色的眼睛。

和蘇染認識那麼多年，一刻自然知道那並不是因為戴著有色隱形眼鏡，而是因為她那混血兒的血統。

「你昨晚沒回電話給我們。」蘇染說。

「電話？喔靠，我忘記了。」一刻懊惱地耙了下白髮，他想起昨晚莉奈姊確實和他提過，蘇染跟蘇冉都曾打電話過來找他。

一刻看向蘇染的眼神帶了些歉意，他不擅言詞，但他是真的感到抱歉。不過很快地，他的視線就被她捲成筒狀的課本給吸引住了。

他瞇起眼，「喂喂，那是我的課本。」

「我知道，所以我才用它打你。」蘇染依然是雲淡風輕的口氣。就是這副永遠冷靜的姿態讓她獲得班長的職位，並且被視為班上唯一能和人見人怕的宮一刻溝通的橋梁。

她將課本還給一刻，又將一疊筆記本放至他桌上，「這是今天的筆記，看不懂的地方可以問我跟蘇冉。」

「嘖，真麻煩……但還是謝了。」一刻挺起身子。他對唸書沒興趣，但他也知道補考或暑修都只會讓莉奈姊更擔心，所以他一直將成績勉強維持在及格邊緣——這當中大部分的功勞要歸於蘇染的筆記。

沒有立刻將那些筆記本收起來，一刻改扔出另一個問題，「蘇染，現在是什麼時候了？」

「我想你從外面的天色和教室沒人的情況就可以判斷出已經放學了。」蘇染從制服的上衣口袋掏出一本小冊子，直接翻開至某一頁，「至於更詳細一點的說法，你從早自習一路昏睡，睡掉了兩堂數學、兩堂國文。中午我叫過你，但你當時顯然連基本的意識都沒有。下午你睡掉兩堂地理、一堂自習、還有一堂歷史。」

「附帶一提，這當中有一名老師想向你扔粉筆，最後放棄。一名老師想搖醒你，最後也放棄。另外兩名老師當作沒看見。」蘇染停下了流暢的解說，啪地一聲闔起小冊子，藍眼看向一刻，「還有任何疑問嗎？」

「……完全沒有了。」一刻搖搖頭，再搖搖頭，覺得蘇染那本封皮全黑的小冊子簡直就比不可思議還要不可思議。凡是問她任何問題，只要她拿出那本冊子翻翻，再俐落地闔上，問題就自然有了答案，「蘇染，妳那裡面到底是記了什麼東西？」

「宮一刻的課表和其他大小行程以及相關重要事項。」蘇染說。

「屁，最好是啦。」一刻哼笑，擺明就是不相信。他按了按脖子，轉動了幾下，然後十指交握，朝前伸展手臂，想拉開有些僵硬的筋骨。

蘇染的手搭上了他的手指，不讓他把手臂收回去。

一刻向青梅竹馬丟了記詢問的眼神。

「一刻，你昨晚跑去夜遊或跑去抓娃娃，或是跟人打架，才會讓你昏睡一整天……你究竟做了什麼事，我不問。」蘇染的聲音漸漸染上嚴肅的意味，「可是，刺青？一刻，認識你那麼久，你不是說過絕不在身體上刺些亂七八糟的玩意嗎？」

「啊啊？妳在說什麼？老子沒事幹嘛去刺啥……」一刻的聲音在瞄向自己手指時，頓時弱了下去。他見鬼般地瞪著自己被蘇染搭著的手指。

他的手指，他的左手無名指……

「眞的見鬼了！這是怎麼回事？」一刻不敢置信地低吼，直瞪著那原本不該存在的東西。最起碼，一刻很確定在他趴下來睡覺前，他的無名指可沒有多上一圈莫名其妙的東西，而且還是橘色的。

一刻將手指張開，放在眼前。不管他看了幾次都一樣，他的手指上確實環著一圈橘色的古怪花紋，乍看之下就像套了枚戒指在上面。

他忍不住粗魯地擦擦手指，但那圈古怪的花紋就像天生便烙印在上頭，除了附近的皮膚變得紅腫外，其他完全沒有任何改變。

一刻彈了一下舌，乾脆衝到教室外的洗手槽前，在強力水流的衝擊下大力地搓揉抹抹。

蘇染沒有阻止好友的行爲，她看得出來，對方明顯才是對那枚疑似刺青的東西最吃驚的人。

她主動地幫忙將筆記本和課本塞進一刻的書包裡，等到收拾完畢，一刻也頂著一張臭臉回到教室裡來了。

「看樣子，消不掉？」蘇染輕推下眼鏡。

「啊。」一刻不悅地應了一聲。他實在想不通自己的手本來好端端的，怎麼會突然出現這玩意？

不可能是有人對他惡作劇。一刻很清楚，這個班上的大部分學生都對他退避三舍。

「媽的，到底是怎麼回事？」一刻幾乎可以想到，要是回家讓宮莉奈發現的話，那名堅持自己是二十九歲又十一個月又三十一天的女性，一定會雙眼發光地湊了過來，然後吐出「小一刻你眞浪漫」、「刺了一個形狀是戒指的刺青，有女朋友了喔」之類的話語。

驀地，一刻瞥見蘇染又掏出她那本神祕黑冊子，似乎在記錄什麼。

「蘇染，妳寫啥？」一刻皺著眉問。

「宮一刻的身體記錄，我在更新事項。」蘇染的表情正經得一點都不像在開玩笑，「要看嗎？鉅細靡遺喔。」

「免了。」一刻翻下白眼，他知道他的朋友時常會一本正經地展露獨特的幽默感，但也用不著在這時候表現出來吧。

「眞可惜你不看。」蘇染收起她的記事冊，她微瞇眼，若有所思地端詳起那圈連一刻都不曉得來源的刺青，「所以，你是眞的不知道了？」

「我剛已經重覆說過好幾次了吧？」一刻坐回椅上，繼續瞪視自己活像戴了戒指的無名指，「靠么，該不會眞的活見鬼了？」

「說不定呢。」蘇染忽然語出驚人地說。

一刻迅速地抬起頭，「喂喂，蘇染。」

「我們學校不是常傳出什麼靈異事件嗎？你也聽過吧？」

「那是因爲我們學校還沒蓋以前，聽說曾發生過大地震，壓死了不少人，才會傳出那麼多靈異事件。但幾乎都是聽說，誰知道……」一刻像是突然想到什麼，他閉上嘴，打量眼前那張清麗的面龐，好一會才又開口，語氣多了一絲謹愼，「蘇染，妳是『認眞』的？」

「我不知道你有沒有聽過這個傳言，一刻。」蘇染沒有正面回答一刻的問題，而是開始說起別件事，「聽說一年級某位男學生，在上廁所的時候發現自己沒帶衛生紙，偏偏又是上課時間。這下尷尬了，他不想沒擦屁股就穿上褲子，但也不想在裡面坐以待斃。」

「爲啥妳說得像是一副妳在場的樣子？地點是男廁吧？」

「於是那位沒衛生紙可用，又不想不擦屁股的可憐男學生，決定試著對外呼喊幾聲，看有沒有人碰巧在外面。非常幸運的，眞的有人回應了他。」

「蘇染，不要告訴我妳眞的在場。還有妳是故意無視我的話嗎？」

「發現有人的男學生非常高興，他馬上問對方有沒有衛生紙。從門縫處，他可以看見對方走近，腳就在門縫外。接著他聽見有人問話的聲音，可是聲音卻是從上面傳來的。男學生慢慢抬起頭，看見有人攀在門上由上往下看著他，問他需要幾張衛生紙。男學生不知道自己該不該跟他拿，因爲他同時看見了對方的腳還站在門縫外。」

「馬的，妳果然是無視我的話……然後呢？」

「然後那間廁所聽說就在我們這層樓左邊，由外數進去第二間。」

「誰問妳這個了？而且妳知道的未免也太詳細了，哪裡像是聽說來的？」一刻大力地揮了下手，「然後是怎樣了？妳這樣讓人超在意的，教人以後怎麼安心上廁所！」

「沒錯，之後發生什麼事了？那位男學生被抓走，然後碰到一位天眞無邪、善良美麗的小姑娘，自願成爲她的部下三號，立誓要消滅所有妖怪，爲那位小姑娘赴湯蹈火、在所不辭嗎？」

教室裡無預警地響起了第三人的聲音。

一刻呆住，他慢慢地扭過頭，望向教室門口。

一名穿著滾邊洋裝的小女孩正雙手扠腰地出現在那兒，巴掌小臉加上細眉大眼，再襯上微微鼓起的雙頰，模樣說有多可愛就有多可愛。

除此之外，她的雙腳還是懸空的——當然不是自然浮起，而是有一隻手拎住她的緣故。

一刻將視線移開了那道脆生生嗓音主人的臉上，順著手臂再往上一路看去。

拎住小女孩的，是一名和一刻穿著相同制服的少年，五官和蘇染竟是異常相似，簡直像同一個模子印出來的。不同的是，蘇染給人的感覺是清麗知性，少年則是安靜俊美。微壓著眼睛的劉海以及配戴的耳機，更加增強了「安靜」這個印象。

「蘇冉!?」一刻吃驚地喊出對方的名字。然而他會吃驚並不是因爲蘇染的孿生兄弟出現，而是……

見鬼了，爲什麼織女會跟他在一起?還有，那不是一場夢嗎?

「蘇冉，那孩子是?」蘇染打量似地看著陌生的小女孩，她沒有忽略小女孩和一刻之間乍然產生的微妙氣氛。

「說是找一刻，她。」明明還戴著耳機，蘇冉卻也沒有漏聽蘇染的問句，他將手中的嬌小生物再提高一點。

但此舉似乎惹惱了織女，她揮開蘇冉的手，掙脫地跳了下來，「沒禮貌的傢伙，居然像對待貨物般對待妾身?妾身可是淑女呢!」

「說得對!人類實在太野蠻、太粗俗了，就跟那邊那個到現在還在發呆的白毛一樣!」又一道細細的嗓音滲進了空氣中。

織女的頭髮下傳來細微的蠕動，接著一顆小巧得不可思議的腦袋冒了出來。只有巴掌大的少女撲騰背後的翅膀，指著猶然呆若木雞的白髮少年嚷道：

「織女大人，妳看那白毛還裝不認識我們，擺明想賴帳啦！」

「賴妳的……」一刻反射性想罵出髒話，可是他隨即咬住舌頭，心臟幾乎要停了。

靠靠靠！喜鵲是不怕被其他人看見嗎？

無法多想，一刻衝了過去，一把將織女挾在臂彎底下，再將喜鵲塞進自己的口袋，最後搶在織女做出任何發言之前，眼明手快地摀住了她的嘴巴。

「閉嘴，不准開口、不准說話。」一刻的眼神又凶又厲，彷彿兩把刀子似地，登時讓原本想出聲反駁的喜鵲將話嚥了回去。

「唔唔唔唔唔！」不過織女卻不怕一刻嚇人的眼神，她瞪大漆黑的眸子，像是不敢相信自己會被人如此對待，開始手腳並用地奮力掙扎起來。

雖然那手腳細細短短的，但被抓到或踢到一樣會痛的。

一刻的表情有些扭曲起來。

「唔唔唔！」織女的臉蛋染著明顯的氣急敗壞，最後她張嘴咬了一刻的掌心，成功獲得說話的空間。

「宮一刻，你這大笨蛋！」無視一刻因為被咬而罵出髒話，織女氣呼呼地大叫著，「一般人是看不到的！對，就是你的腦袋瓜裡現在想的那一個，他們看、不、到！」

一刻瞬間愣住，他忘記掌心傳來的疼痛——織女的牙齒小歸小，卻利得很——他低下頭，看著待在自己口袋裡的喜鵲。

那抹迷你身影正對他扮鬼臉，眼神像是在嘲笑，更像是在無聲述說著「呆瓜，你以爲我會輕易讓人看到嗎。」

一刻迅速冷靜下來，他抬起頭看向兩名青梅竹馬。那兩張相似的臉龐上同時都露出一種微妙的表情，那一點也不像是看見一名巴掌大的小人該有的震驚或錯愕。

「一刻。」蘇染拍上一刻的肩膀，她遲疑一會，像是在思索接下來吐出的話，「你，嗯，太累了嗎？」

「看醫生？」蘇冉簡潔卻更直接地說。

一刻相信，假使換成其他人，只怕此刻就是拿看神經病的目光看他了。

「我很好，啥事也沒。」一刻鬆口氣，然後重申道：「我說眞的。喂，蘇冉，你要敢撥一一九我就揍你。」

「好吧，我們相信你很好。」蘇染點點頭，眼神停在織女身上，「所以，這孩子是？」

「你偷生？」蘇冉接話，語氣沉靜，「她的自稱詞有點怪。」

一刻毫不客氣地對著自己的青梅竹馬——男性那位——比出了中指。

「幹，你才偷生，最好老子十年前就有生育能力。這小鬼是我妹妹……對，堂妹。」裝作沒看見兩道懷疑的眼神，一刻硬是拗了一個身分給織女，「喂，小鬼，叫哥哥跟姊姊……喂，織女？」

一刻沒注意到自己無意間說出了織女的名字，他本來一直避免的。他發現那名被他放下的小女孩居然沒有忙著整儀容、撫平裙襬縐折，而是仰著頭，那黑若夜空的眼眸，一瞬也不瞬地盯著他。

一刻被盯到都有些發毛了。

待在他口袋裡的喜鵲也注意到織女的異狀，她原本沒太在意。可是當她不經意地瞥見織女的視線方向，她驀然地睜大了眼。

宮一刻的左手無名指上，有著一圈橘色的古怪花紋。

「怎麼會那麼小！」喜鵲想也不想地脫口驚呼。

一聽見喜鵲的聲音，一刻差點反罵出「X的，妳說誰小！」。畢竟是男人，對大小之類的話題自然很敏感。但他總算還記得身旁還有蘇染和蘇冉在，假使他罵出來，蘇氏姊弟是不會將他當神經病，不過卻會認定他過度疲勞，強制將他送醫看診。

硬生生地咬掉險些迸出的話，一刻將視線移向織女，希望能從她那邊獲得相關解答。

織女似乎沒接收到來自一刻的視線，她繼續怔怔地望著那圈橘色花紋，還忍不住踮起腳尖，將一刻的手指給拉到眼前。

「沒想到這麼快就出現了……可是，這神紋眞的好小耶……」織女抓著一刻的手指翻過來又翻過去，語氣裡流露出顯而易見的失望。

「神紋？」蘇染瞇細眼。

「對，就是神紋。」織女頭也不抬地說，「一刻昨夜跟瘴戰鬥了，又吸收我的神力，會有神紋是很正常……雖然出現的速度也太快……唔唔唔！」

織女的話才說到一半，就被一隻大手猛力摀住，隔絕了剩下的所有聲音。

織女還來不及反應過來，臉色泛黑的一刻就已經將她挾在臂彎底下。

「蘇染、蘇冉，我有事要跟這小鬼單獨談談，你們要先回去也可以。」連讓兩姊弟提問的機會都不給，在拋下這串只會令人感到更加可疑的解釋之後，一刻就挾著掙扎不休的迷你生物，三步併作兩步地衝出了教室。

目送著青梅竹馬堪稱詭異的行爲，不論是蘇染或蘇冉，卻誰也沒出聲制止或跟著追出去。

這對孿生姊弟只是靜靜地留在原地，他們對視上彼此的眼神。

「妳對他說男廁所的靈異事件？」

「當初不是你告訴我的？而且那一點也不靈異。」

「那的確不靈異，只是兩名學生的無聊惡作劇。」

「眞正靈異的是晚上那個。」

「還有一刻的堂妹，假的。」

「一刻沒有那麼小的堂妹。」

宛如同一模子印出來的姊弟又安靜了片刻。

接著，蘇染拿下眼鏡，蘇冉摘下耳機。

她/他說：

「你聽到了？」

「妳看到了？」

第六針

渾然不知道蘇染和蘇冉在教室裡交換了只有他們倆才懂得的奇異對話，一刻在空盪盪的走廊上狂奔了好一會，確定距離教室夠遠了，這才煞住腳步，將臂彎下挾著的小女孩放下。

一發現自己的雙腿重新踩到地，織女立刻氣惱地斥喝道：「太過分、太無禮了！一刻，你怎麼能如此對待妾身？妾身今天穿的小企鵝內褲都被人看光了！」

一刻才不管對方今天穿的是小企鵝內褲還是小雞內褲，他深吸一口氣，瞪著那不到他腰間的玲瓏身影，好一會兒後終於順利地找回自己的聲音。

「妳居然直接跟他們說？那個瘴啊、神紋什麼的……」一刻伸出了食指，用力地比向織女的鼻尖，「天殺的，所以都是眞的？昨天的一切難道不是一場夢嗎！」

「什麼？你怎麼會以爲是在作夢？」聽見一刻那帶著難以置信的句子，織女雙手扠腰，露出比他更爲吃驚的表情迎視回去，「一刻，你可是早已經成爲妾身的三號部下，而且你還明明說出那麼熱情的誓言和妾身締結下靈魂契約的！不准賴帳！不准吃了就跑！」

「吃妳的大頭！什麼熱情的誓言？那明明就是妳唬爛我的！」一確定昨夜的事全非夢境，一刻連帶地也想起那些自己說過的話，他頓時鐵青了臉。

要不是情勢所逼，誰會說出那麼恥的台詞？而且在那之後居然還被別人告知其實根本就不需要說這些。

「慢著，既然如此，爲什麼我醒來時會在自己房間裡？妳不見蹤影也就算了，我今天根本就沒再看見那些線！」弄得他才會懷疑自己是在作夢。

「因爲你昏倒了啊，一刻。」面對一刻的質問，織女的態度則是理直氣壯，「你是第一次使用妾身的神力，會感到不適也是理所當然。加上你又算是初階菜鳥，不專心一點就會看不到線，不過這只是一開始頭幾天啦。還有啊，爲了把你送回房間裡，墨河他們和妾身可是費了好大一番工夫。而且妾身消失，是去處理事情的。」

「處理事情？」一刻不解地咀嚼這四個字。

「是啊，妾身是去……」

「織女大人是去尋找昨日那逃逸的瘴。連這事也想不到，宮一刻，你真的是呆子嗎？」清脆的少女聲音冒出，喜鵲從一刻的上衣口袋探出頭，對他鄙夷地吐吐舌頭，「虧你的神紋還出現得那麼早，難道你的腦子裡只塞了一堆白毛嗎？」

「那個神紋又是什麼玩意？我手指上的這個嗎？」一刻無視喜鵲的挑釁，他張開手指，無名指上的一圈橘紋隔外顯眼。

「喂，一刻，你要問也是問妾身啦，不要忽視妾身的存在。」覺得自己遭到冷落的織女不滿地鼓起臉頰，「妾身還要把這個給你耶！」

「什麼東西給我？」一刻狐疑。

「當然就是這個，你昨天掉了。」織女從小洋裝的口袋裡掏出針線盒，塞進一刻的手中，

「這可是非常重要的神器，像一刻你只是初級菜鳥，得隨身攜帶才行。否則萬一沒帶在身邊，要怎麼跟瘴打？」

「所以說不是菜鳥就不用隨身帶了？」一刻敏銳地抓出另一層含意。

「不是菜鳥就可以直接將神器放進……哎，那是進階版的招式，一刻你暫時用不上啦。」織女揮揮手，「妾身要說的是瘴的事。」

「那隻瘴……就是昨天跑掉那隻，現在情況怎樣？」一提起昨日逃脫的四臂妖怪，一刻暫且按下神紋和神器的事，眼神變得凌厲無比。

「還在找，但他似乎躲得很隱密。」織女踢下地板，像是也對於那隻瘴的逃脫感到不滿，「人類的軀殼可以提供瘴防護，昨天的瘴力量又挺強大的，只要他藏得夠好，妾身的部下一號和部下二號就不容易感受到瘴的氣。最糟的是……」織女咬下嘴唇，漆黑大眼浮上嚴肅，「一刻，被瘴寄生的人類是看不到欲線的。」

一刻起初還沒意會過來這是什麼意思，可是下一剎那，他倒抽了一口氣。

看不到欲線的話，根本就難以從人群中找出誰才是被瘴入侵的人。

「別開玩笑了！」一刻繃緊臉部線條，拳頭握得死緊。他記得瘴擁有多可怕的破壞力，萬一、萬一他傷害無辜民眾……「該死的，沒別的辦法可以馬上抓到那混帳嗎？」

「你在說什麼？辦法當然是有的，否則我們來找你做什麼？跟你聊天喝下午茶嗎？」喜鵲橫了低頭望向自己的白髮少年一眼，「記好了，白毛。瘴有種特性，被釣上來後就不會更換宿主，所以只要直接鎖定那名宿主就行。」

「可是這辦法有個大問題。」織女說。

「啥？」還能有什麼大問題？

「尤里和夏墨河都沒見過那瘴的宿主，不知道他長怎樣，派他們找也沒用。而我和織女大人也不記得，鳥類有夜盲的，我可不曉得他長得是圓是扁。」

喜鵲說得有道理，一刻也不覺得自己應該苛責一隻夜盲的鳥，所以他轉過視線，盯住了沒有夜盲症卻也記不得的小女孩。

「織女。」

「嘿，這可不是妾身的錯。」被點名的織女挺起小胸膛，「在妾身看來就是兩個眼睛、一個鼻子、一個嘴巴，他要是有三隻眼睛的話，妾身一定認得出來。」

如果眞有三隻眼睛，那誰都認得出來了。一刻在心裡吐槽著。

「所以啦。」織女繼續驕傲地挺起小胸膛，細白的手指戳了戳一刻的手臂，「妾身現在就有一個很重要的任務委派給你，這可是你正式成爲妾身部下三號後所獲得的第一個任務呢。」

「啊？」

「不用多說了，妾身明白，你現下一定是充滿激動、熱血之情的。」

「我聽妳在放……」

「因此洗好耳朵聽清楚了。」連續兩次都無視一刻的織女義正詞嚴地宣布，「部下三號，妾身命令你負責將那隻瘴的宿主找出來。雖然他沒有三隻眼睛也沒有三隻耳朵，但妾身相信你一定可以成功完成的！附帶一提，沒完成的話妾身會扣你業績喔。」

「扣妳的○○××啦！」終於獲得說話空間，一刻的第一句話就是劈頭大罵，「鬼才知道那傢伙長怎樣！是要老子怎麼找？」

「哎？可是一刻你昨晚不也有看到他變身前的樣子？」織女詫異地睜圓了眼，「而且對方不是指定找你的？」

「最好是……不，等等，等一下。」一刻抓抓頭髮，眉毛狠狠地擰了起來。似乎、好像，是有這麼一回事。不過那個人是叫什麼來著的？只記得好像有人說他是什麼老大……還是同一間學校的樣子……

一刻的臉色有些僵掉了。

這名白髮少年其實有個鮮爲人知的小祕密。他很不擅長記人，對於只見過一、兩次並且往往只是來找他麻煩的人，他總是沒辦法好好記住那些人的臉。

雖然他奉行著「不管是誰來找碴，一律打回去就行」的主義，但他不知道就是因爲他稍嫌差勁的認人能力，才會造成大部分被他打趴過的人誤以爲自己根本不被放在眼裡，進而惱羞成怒地再次尋仇。

一刻勉強維持著表情不變，他還記得對方當初確實是針對自己，可偏偏再怎麼想，那張臉就是模模糊糊。

靠，要老實承認嗎？一刻立刻就否決了這個念頭。他敢打賭口袋裡的喜鵲會毫不客氣地大肆嘲笑，甚至說不定每天都要笑上一次。

就在一刻拚命想找出一個理由搪塞，他的肚子可以說是非常不剛好，也可以說是非常剛好地傳來一陣絞痛。

一刻的臉孔扭曲。

「一刻？」織女面露擔心。

「我……」一刻勉力地擠出一個字，但緊接而來的第二波絞痛馬上就擊潰了他的自制力。他的臉色轉為鐵青，顧不得多解釋什麼，按著肚子，拔腿衝進不遠處的男廁。

不過一踏進廁所，一刻似乎想起什麼，他硬生生地煞住腳步，從上衣口袋拎出只有巴掌大的喜鵲，然後毫不猶豫地往廁所外扔了出去。

喜鵲壓根沒想到自己會遭到如此粗暴的對待，她在空中翻滾了好幾圈，等到她反射性張開翅膀、穩住身形，她才終於意識到她居然被人當球似地扔了出來。

「宮一刻！」細辮子少女張開翅膀，羽毛幾乎要豎了起來。她氣急敗壞地怒吼，但回應她的只有震耳欲聾的關門聲。

「那個白毛！多麼野蠻、多麼可惡！」喜鵲咬著指甲，憤恨地嘟囔著，「織女大人，我覺得妳還是重新考慮一下，將那種粗魯的白毛收爲部下實在是……」

「白毛很好啊，而且妾身就是相中一刻。所以──」織女稚嫩的嗓音倏然滲入一股龐大無比的威壓，「不准再質疑一刻了，喜鵲。」

即使外表再怎樣無害、再怎樣稚幼，那股威壓都彰顯出一個不容忽視的事實──織女是天帝的女兒。

喜鵲頓時閉上嘴，她拉扯一下自己的辮子，像是在發洩怒氣，隨後便飛回織女頭頂上。

被一刻留在廁所外的織女東張西望，看看廁所，看看走廊的另一端，又望望大樓底下的風景。她覺得有點無聊，正在考慮是要到男廁參觀一下，還是要回一刻的教室裡。

織女想到抓著自己過來的那名少年，還有和少年同樣長相的另一名少女。他們是一對雙胞胎，這很明顯，眼睛還是藍色的。

可是，織女卻覺得自己感受到某種不一樣的……她說不上來，但就是有那麼一點不對勁。

正當織女陷入思考時，廁所裡忽然傳來一聲大叫。

「喂，織女！妳還在外面嗎？」

那是一刻的叫喊。

織女的眼睛一亮，暫且壓下蘇氏姊弟的事，興沖沖地跑進廁所。不管她的部下三號發生了什麼事，她是個好上司，都很樂意幫忙的！

一刻其實並不想大叫出織女的名字。

這裡是男廁，再怎樣都不該讓女孩子直接走進來。

會做出這種事的一刻，表示他是眞的走投無路了。

沒錯，一刻眞的走投無路了——他萬萬沒想到，在肚子痛的這緊要關頭，居然該死的沒帶衛生紙在身上！

一刻整張臉都發青了——不知道是拉肚子的緣故，還是想到要是沒人伸出援手，就得困坐在這裡的關係。

一刻說什麼都做不出沒擦屁股就穿上褲子的事，光想就髒死了。

「織女！」別無他法之下，一刻只能大聲再次呼喊，「織女！在的話就進來一下！」

「妾身已經進來，還每間廁所都參觀完啦，一刻。」稚氣的小女孩聲音，幾乎是在一刻的話聲落下之後就響起。

一刻看見門板下的空隙確實多出了一雙腳，穿著精緻的繡花鞋。

「織女，妳身上……」一刻鬆了一口氣，含糊地開口，「呃，有沒有帶……妳有沒有帶衛生紙啦。」

「衛生紙當然是有的，這可是淑女必備的物品之一呢。還有手帕、濕紙巾、隨身面膜，妾身都有喔。」織女的聲音從門外傳來，她頓了一下，彷彿領悟出自己的部下三號發生什麼事了，「哎？一刻你……難道你忘記帶衛生紙了嗎？」

一刻拒絕回答這個問題。

而織女顯然也不打算嘲笑此事，「你等等喔，妾身這就拿給你。」

一刻心裡說不感激是騙人的，他抹了把臉，想著晚點可以問蘇染或蘇冉看看，他們學校有沒有哪一號人物是跟自己結了仇、還號稱老大的。

一刻把手移開，盯著門縫，等著一隻細白小手自底下遞進衛生紙。

但等呀等的，門外竟是沒有動靜。

「織女，妳該不會是沒找到衛生紙吧？」一刻皺眉，盯著門外沒走開的那雙腳。

「妾身有帶好不好？剛才不就跟你說過了？」織女不滿地嚷，「你看，這不就是了嗎？還是小花圖案包裝的面紙耶。」

「啊？在哪？」一刻一頭霧水地瞪著門下，看了老半天也沒看到類似面紙的存在，「別惡作劇了，老子現在可是非常時……」

一刻的聲音突然卡住，他後知後覺地反應到一件事——那道脆生生的小女孩聲音，怎麼聽起來像是從上方傳來的？

白髮少年慢慢地移動視線，將頭仰起。

「靠！幹！」宮一刻在瞬間罵出髒話了，他甚至驚慌失措地拉下制服上衣下襬，兩隻手擋在自己的下半身上。

這動作有點娘，但實在不能怪一刻如此小題大作，畢竟他可沒想到廁所門上居然會冒出一顆小巧的腦袋，烏黑的眼睛還大刺刺地直盯著他看。

「幹幹幹！織女妳是不會閉上眼睛嗎？」一刻漲紅了臉，基本的羞恥心他還是有的，況且他也不是什麼遛鳥俠。他死死地遮住下半身，雙眼惱怒得像是要噴出火，「給我下去！不要盯著別人上廁所！」

「你放心好了，一刻，妾身對小孩子可是一點興趣也沒有的。」織女不但沒有依言行動，反而保持著雙手攀在門框上的姿勢，白嫩的臉蛋上還有著不以爲然的表情，彷彿認爲是坐在馬桶上的白髮少年太大驚小怪了，「你不要以爲妾身是藉機吃你豆腐哪。要知道，妾身的心只給郎君一人，就算一刻你的肉體青春，妾身也絕對不會有所動搖的。」

說著，織女還給了滿滿鄙視的一眼，繼續嘲笑對方大驚小怪。

一刻只想給那名據說已經是自己上司的小女孩一記中指。

「出去。」他陰森森地從齒縫中擠出聲音，充滿危險的語氣顯示他即將爆發了，「老子再說一次，放下妳的手，抬起妳的腳，他媽的給我到外面去等！」

扔出這句威脅，一刻突然發覺似乎有哪邊不對勁。他的眉毛幾乎打結，抬頭看了看還掛在門上方的織女，再低頭看著那雙依舊在門縫下的腳。

一刻的思緒凍結了。

慢著，織女的身高有那麼高嗎？不對吧？她不就是一個矮不隆咚的小不點？

「喂，一刻，你是不是在想什麼失禮的事？例如嘲笑妾身身高之類的！」織女不滿。

無視那一句質問，一刻的腦海陷入混亂。他想不明白爲什麼織女的手腳可以分別在門下跟門框上方出現，她的身體拉長了嗎？

X的！這也太驚悚了吧！

一刻越想臉色越白，腦海甚至浮起蘇染之前說過的廁所靈異事件，眼下的場景根本太過相符了。

一刻微冒冷汗，接著又想起一件事。這間廁所，好像就是在他們教室的左邊，而且還是由外數進去第二間。

將一刻的反應收在眼裡，織女卻以爲是自己在場，所以一刻才矜持著不肯擦屁股、穿褲子。做爲一個好上司，當然要體恤部下，這樣才更有機會讓他爲自己做牛做馬！

於是織女決定不再增加對方的壓力，她扔下一包面紙，鬆開手，消失在門上方。

面紙落地的聲音，還有另一陣聽起來像是雙腳踏地的聲音，讓一刻瞬間回過神。他撿起面紙，同時再往門縫外望去，大吃一驚。

門外居然變成了兩雙腳？都穿著繡花鞋。

一刻徹底糊塗了，他用最快的速度擦好屁股、拉上褲子，馬桶一沖，接著打開廁所門一箭步跨了出去。

白髮少年呆了呆，映入他眼中的赫然是兩抹身影。

小的那抹自然是織女，至於較高的那抹……一刻的視線在那張白瓷般的臉蛋上巡視一圈，再落至那些細長的黑辮子，以及那對在背後微攏的翅膀。

「喜……喜鵲!?」一刻吃驚地指著少女，「不會吧？還有放大版的？」

「什麼放大版的？白毛，你太無禮了！這才是我原來的樣子，給我看清楚了！」喜鵲睜圓她古靈精怪的眼睛，柳眉倒豎。

「所以說，妳是給她扛上去的？」一刻沒理會喜鵲的話，他瞪向織女，把方才詭異的一幕都想通了。見到織女不明所以地點點頭，他無力地垮下肩膀，覺得自己有種被玩弄的感覺。他逕自走到洗手台前，將手沖了沖，再將額頭抵上前方的鏡子。

「我就知道……」一刻懊惱地吐出一口氣，對自己剛剛的不安感到不滿，「蘇染說的根本不是什麼靈異事件……」

「蘇染？那位藍眼睛的姑娘嗎？」織女耳尖地聽到人名，她跑上前，小手抓扯一刻的袖子，打算趁機多問些關於那對姊弟的事。除了是自己部下三號的朋友外，她也有點在意他們，「一刻、一刻，那對藍眼睛的雙胞胎就是妾身昨晚在照片裡見到的人，是吧？他們的眼睛眞的是藍的耶。」

「不是跟妳說過他們是混血兒了？」一刻轉過頭，看見喜鵲又變成平時所見的迷你大小，趴伏在織女的頭頂上。

「哎，妾身覺得很新奇嘛。」織女微鼓起臉頰，「一刻，你們的學校感覺五顏六色的耶，有藍眼睛，有好多顏色的頭髮。」

一刻起初還弄不懂織女在說什麼，過了一會才明白，織女說的是學校裡有染髮或是戴著角膜變色片的學生。

和別的高中相比，一刻得承認，他們學校的校風是稍嫌自由了點，校方壓根不在意學生外表做了什麼變化。

也因爲如此，一刻才能頂著一頭炫亮的白髮，卻不曾被師長約談過。

「那是因爲我們校長堅持『學生要有自己的個性』。」一刻聳聳肩膀，覺得認眞講起來的話，自己的白毛還不是最誇張的，「聽說還有人是穿女裝來上課的。」

「咦？這不就跟……不對，妾身想問的不是這個。」織女搖搖頭，差點把頭頂上的喜鵲給甩了下來。

喜鵲趕忙張開翅膀飛起，她停在半空，瞄了瞄一刻，最後以一種紆尊降貴的姿態飛到他的頭頂，翅膀拍振幾下，再冉冉降落。

一刻翻了下白眼，卻也沒將頭上的迷你身影抓下。

「一刻，你跟他們，妾身是說蘇染跟蘇冉他們……這名字怎麼唸起來都一樣嘛。」織女咕噥了幾句，隨即直勾勾地望著一刻，「你們認識很久了？」

「從幼稚園就認識，妳說久不久？」一刻雙手斜插進口袋，走出廁所外。不管要說什麼，他都不覺得男廁是一個適合談話的好地方。

見狀，織女也邁著腿追上去，「所以你們感情很好囉？」

「死黨、孽緣、青梅竹馬，看妳用哪一種說法都行。」一刻轉身面對織女，他不是遲鈍的人，他察覺到織女想問的另有其事，「妳想說什麼就直說，我不喜歡拐彎抹角的，煩。」

「太好了，妾身也不喜歡拐彎抹角，妾身就直問了。」穿著滾邊洋裝的小女孩說，「他們是普通人嗎？」

「……啊？」一刻的錯愕表情絕對沒有作假，他可沒想到織女劈頭竟然就是這麼一句。很快地，他沉下了臉，眼神銳利且凶惡，「妳是什麼意思？妳想說他們不是人嗎？見鬼了，妳要是膽敢這麼說……織女，老子鐵定揍妳一頓屁股。」

「一刻！」織女就像是不敢相信地揚高聲音，「你當妾身是誰？妾身哪可能連對方是不是人都認不出來？妾身想問的是，他們是不是有什麼地方和一般人不太一樣？」

織女的聲音忽然又小了下去，轉爲若有所思的輕喃。

「哪，妾身覺得他們不太一樣……」

一刻抿直唇線。

「一刻？」織女眨巴著眼睛，眼裡閃動冀圖知道答案的光芒。

雖說外表充斥著不良氣息，但被大部分人視爲凶神惡煞的宮一刻，最難抗拒的就是可愛東西的魅力。而擁有精緻小臉、大大眼睛、還穿著滾邊小洋裝的織女，從頭到腳都完全符合「可愛」的標準。

甚至可以說大大超標了。

「……妳得答應我。」好半晌，一刻的唇間蹦出了話語，「不准把主意打到他們身上，不准說要收他們當妳的部下四號、部下五號。」

「妾身才不是那麼花心的人呢，有一刻你當妾身的部下三號就很夠了，你用不著吃醋。」織女露齒一笑。

誰跟妳吃什麼狗屁飛醋啊。一刻連白眼都懶得翻了。

「一刻，快說呀。」織女催促。

「他們……蘇染跟蘇冉，他們有點靈感。」一刻說。

織女眨眨眼，再眨眨眼，她欣喜地一拍雙手，「啊，你是說他們有陰陽眼嗎？」

「不是，但也算……」一刻耙了一下頭髮，但手指剛碰上髮絲，就遭到一記踢擊，他這才想起自己的腦袋被喜鵲拿去當窩佔著了。他放下手，皺著眉，設法更完整地解釋，「他們小時候容易感應到某些東西，例如阿飄之類的。但現在比較少了，幾乎沒再聽他們特別提起。」

「這樣不就是陰陽眼了嗎？怎麼又說不是？」織女滿是好奇。

「蘇染或許算是，不過蘇冉不是。」一刻說，「蘇染『看得到』，蘇冉是『聽得見』。」

說到這裡，一刻就像想起什麼，他的表情猛然一變。

「喂，織女，蘇染他們真的不會發現喜鵲的存在嗎？妳說一般人看不到……靠，我怎麼忘了，蘇染和蘇冉根本就不是一般人吧？」

「但是他們什麼反應也沒有啊，宮白毛。」喜鵲扯下一刻的頭髮，滿意地聽見他因痛倒吸一口氣，完全沒注意到對方凶狠地瞇細眼。

一刻可不是好脾氣的人，他讓喜鵲待頭上，不代表他肯讓她在頭上作亂。

下一秒，喜鵲便發現自己被一隻大手抓住，白髮少年的表情像要吃人。

「再敢用一些亂七八糟的叫法，我就把妳扔得遠遠的。」一刻警告。

喜鵲敢怒不敢言地扭過頭，重重哼了一聲以示抗議。

將喜鵲塞給織女，一刻彎下腰，不容閃避地直盯住對方的眼睛。他要一個肯定的答案，他不要他的朋友們也被捲進來。

「妾身不能保證。一刻，妾身原本也不知道他們有感應力。」織女認眞地回話，「但是他們確實也沒表露出任何異樣，也許他們眞的沒瞧見。但是呢，一刻……」

「嗯？」

「倘若再繼續待在這學校裡，妾身就更不能保證了。」

「那是什麼意思？」一刻警覺地問道。

「就是他們說不定眞的會看到的意思。」織女雙手環胸，邊說還自我附和般地點著頭，「因爲到了晚上，這裡的靈氣就會變得更重，畢竟是那種地方嘛……啊，一刻知道靈氣是什麼嗎？妾身可以體貼地爲你解釋。一種是指可以增強修煉成效的仙靈之氣；另一種則是指亡靈散發出來的……」

「給老子打住，妳就算不體貼解釋也沒關係。」一刻粗聲打斷了織女的話。比起弄懂所謂的靈氣，有件事他更加在意，「妳剛說『那種地方』……是哪種地方？爲什麼我們學校的靈氣到晚上會加重？」

「那還用說嗎？」趴在織女頭上的喜鵲打了一個呵欠，「白毛呆瓜，你們這下面是一座墳場耶。就算大部分的死人骨頭都移走了，屬於亡靈的靈氣可移不走。」

「而夜晚屬陰，會讓被日陽壓制住的靈氣重新活躍起來。一般有靈感的人到了這種地方，當然就更容易看見普通人看不見的東西……一刻？」織女發現白髮少年像是呆住，她踮起腳尖，在他的臉前揮揮手，「哈囉，一刻你有在聽嗎？一刻你有沒有在聽妾身說話呀！」

「織女！」一刻倏然回神，一把抓住那隻晃個不停的小手，「那是假的吧？我們學校是墳場，還有一堆亡靈什麼的……喂喂，別開玩笑了！不是只有當年大地震壓死過人而已嗎？什麼時候他媽的又多了一個墳場！」

一刻說到最後，忍不住咬牙切齒地拉高聲音。接受身邊有神仙妖怪是一回事，但不代表他願意相信自己的學校真的有鬼。

「就連那些傳來傳去的鬼故事、靈異事件，根本也只是無中生有的吧？蘇染說的廁所故事不就是最好的例子了嗎？」

織女歪著頭，看著眼前可以相信有神仙妖怪，卻不想相信有鬼的少年。

想了想，織女忽然走向圍牆。她伸起手，踮起腳尖，有些笨手笨腳地攀爬上去。

一刻的心臟提了起來，他趕忙守在旁邊，深怕那抹玲瓏身影會一個不小心失足栽落。渾然不知旁人的擔心，織女費了一番勁，終於讓自己成功地站在圍牆上。

一刻提心吊膽，只覺這畫面有夠驚險，一雙手臂已隨時做好救援準備。

「哪，一刻。」彷彿不知道自己是站在四樓的圍牆上，織女對著一刻揮動一下小手，接著那隻細白的手臂朝外伸出。

一刻下意識地跟著移動視線，金橘的夕陽不知何時染成橘紅，暮色似火似血，染過了放眼望去的整片校園。

織女的手指比向了一個方向。

在沒有受到建築物陰影遮蔽的一處空地上，矗立著一塊連學生腰間高度都不到的石碑，碑前還有兩頭石獅踞守。

那是和校園極爲不搭的景色。

利英的學生都知道石碑和石獅的存在——據說是爲了紀念當年的大地震罹難者而立的——那對他們而言已是習以爲常的風景，不過卻誰也不曾多加留意，包括一刻。

織女側過臉，潔白的臉蛋也染上夕陽紅光。

她說：「妾身不知道這裡曾傳過什麼靈異事件，可是，在地震前這裡是墳場的事是眞的，因爲就是牠們告訴妾身的呀。一刻，你們學校是貨眞價實的有鬼學校呢。」

第七針

在得知自己學校眞的曾是座墳場、眞的有鬼存在，而且晚上還可能會出現亡靈時，一般人想必是絕不願意在這種地方留到入夜的。

一刻自認也是一般人——也許不那麼一般，他差點死過一次，被自稱織女的小女孩欽點爲部下三號，還看得到人心欲望化成的黑線——就算不至於聞鬼色變，或聽見有鬼就驚聲尖叫，但是不管怎麼樣，沒有誰會很樂意和鬼共處一室吧？

起碼宮一刻就是不樂意的那個。

可是看看現在，爲什麼他還留在學校裡？而且還是手工藝社的社團教室？

一刻將自己的腦袋從趴著的桌面拔起，扭頭望望窗外。

這間教室位於一樓，雖然視野受限，沒辦法好好看清天空，但也能瞧見環繞在周圍的黑藍夜色。

入夜的校園安靜得不可思議，和白日相比簡直就像是另一種風貌。

一刻收回目光，改望向傳來些許聲音的另一側。織女正纏著蘇染和蘇冉攀談，不時會聽到稚嫩的咯咯笑聲溢出。

一刻瞄了瞄氣氛還算不錯的三人，他特別又多留意了一下蘇氏姊弟，他們倆似乎全然沒看見趴在織女頭上小憩的喜鵲。

所以，他們應該是眞的沒發現到任何異樣吧？

例如織女不是人，而是神話故事「牛郎與織女」當中的那位女主角。

一刻暗暗鬆口氣，重新盯住擺在他面前桌上的一堆紙張，紙的旁邊還堆擺著許多紙紮玫瑰花——這也就是爲什麼一刻等人至今仍留在學校的原因。

爲了迎接過不久便要到來的校慶，蘇冉隸屬的手工藝社，這一陣子都在忙著準備校慶時會用到的各色紙花。尤其是這幾天，更是如火如荼地趕工，以免數量不足。因此只要是有空的社員，放學後都要留下來幫忙加工。

但是今天不知道怎麼搞的，原先預定也要留下來的幾位社員不是吃壞肚子就是發燒或家中臨時有事，到頭來就只剩下蘇冉。

得知今日居然只有蘇冉一人沒事，吃壞肚子的社長幾乎是哭著地打電話給他，哀求他無論如何都要設法補救一些進度，否則就眞的要來不及了。

蘇冉看起來安安靜靜，一副不喜多管事的模樣，但其實責任感極重。即使他們社長沒有哭著打電話給他——還是從廁所打的——他也打算留下來。

而得知蘇冉要獨自留在學校趕工做紙花後，一刻耙了耙頭髮，沒多說什麼，也不管晚上有沒有鬼，還是織女可能被人識破眞實身分，直接跟到了社團教室，用行動表達一切。

就算外表看起來和「手工藝」三字無緣，不過一刻的手可是出乎意料地巧，經過蘇冉稍微指點，就能迅速摺出漂亮的紙玫瑰——根據他自己的說法，這都要多虧宮莉奈給他的「磨練」，才讓他在做起這些事時能很快地得心應手。

花了幾分鐘時間，將完成的玫瑰花扔到一旁，一刻再次停下動作。他低頭怔怔地看著自己張開的十指，在左手無名指處有一圈古怪的橘色花紋環繞其上，就像戴著一枚戒指。

一刻將手抬高，仔細端詳一番。在日光燈充足的照耀下，加上距離極近，他發現這圈橘紋是由許多更細小的花紋拼湊在一起的，那些花紋既像圖騰又像某種奇異且難以辨認的文字。

——神紋。

一刻記得織女和喜鵲都是這麼稱呼它的。

按照織女的說法，凡是接收神的力量，身體某處就會出現神紋，但最快也要七天以上，慢則甚至一、兩個月。像一刻這麼快就擁有神紋的人類，她們還是第一次見到。

神紋的形狀、顏色沒有固定，但卻有一個共通點——那就是神紋面積的大小，同時代表著持有神紋之人的力量強弱。

神紋越大，就表示那名人類天生具有的靈力越強，反之亦然。

想到這裡，一刻神情複雜地瞪著自己的無名指。他總算能夠理解爲什麼織女和喜鵲會喳喳呼呼地表現出失望之情，因爲在他得知神紋的由來後，連他自己都想問了。

幹！這未免也小過頭了吧？

「一刻、一刻。」織女啪噠啪噠地跑過來，小手一把抓住一刻的手臂，「妾身跟你說……

哎，你又在看你的神……好啦，是刺青、刺青。」

在一刻充滿魄力的瞪視下，織女從善如流地改口。

「呼哈……再怎麼看都不會變大的，白毛你死心吧。」趴在織女頭上的喜鵲揉揉眼打個呵欠，不放過任何能嘲笑一刻的機會。

一刻採取無視對抗，他將手臂從織女的抓握下扯回來，「妳是要跟我說什麼？」

「啊，妾身是要跟你說……」織女的眼睛不知道爲什麼閃閃發亮。

一刻感到莫名其妙，他拿起桌上的飲料喝了一口，等待著織女的下文，但卻怎樣也沒想到竟然會聽見一句——「一刻，你是英雄嗎？」

一刻差點將飲料噴了出來，他嗆咳得難受，咳了老半天才終於喘過氣。他抽過一張衛生紙擦擦嘴巴，雙眼不敢相信地瞪著語出驚人的小女孩。

「妾身在電視上看過，英雄會變身，會射出雷射光，而且還都是帥哥。」織女捧著臉，瞄了一刻一眼，兀自點點頭，「雖然一刻你沒那麼帥啦，不過年輕可以彌補一切，妾身也不會對自己的部下要求太多。哪哪，蘇染他們說你是英雄，所以你會變身囉？」

「變你老木！」一刻拍桌子，險惡的目光像刀子似地刺向教室內的兩名罪魁禍首，「蘇染、蘇冉，你們是吃飽太閒嗎？沒事幹嘛給這小鬼灌輸亂七八糟的玩意！啥鬼英雄？老子怎麼不知道我還會變身？」

「你當然不會變身，你會的話我就要把你的變身過程拍下來收藏了。」坐在另一張桌子的蘇染平靜地推扶一下眼鏡，彷彿沒接收到那如刀子般銳利的目光，「不過是英雄沒錯。」

「我們的英雄。」蘇冉說，在戴著耳機的情況下。

「啥鬼啦……」面對蘇氏姊弟認真的態度，一刻反倒節節敗退。他坐回椅子上，無力地耙梳起一頭炫亮的白髮。

「蘇冉沒說錯，一刻你以前不是都會保護我們嗎？幼稚園和小學的時候。」蘇染說。

「誰記得那麼久以前的事啊。」一刻翻了下白眼。

「保護？一刻也保護過你們嗎？告訴妾身吧，妾身想知道。」織女的好奇心被全面點燃，她可不想放過了解部下三號的機會。

喜鵲雖然還是閉著眼睛，但耳朵也忍不住豎了起來。

「我們的眼睛和一般人不太一樣吧？」蘇染用指尖比了比自己的眼角，「現在看沒什麼稀奇，不過在小時候，小孩子會覺得很奇怪。」

「被他們當妖怪。」蘇冉的手指像是無意識地敲點著桌面，耳機裡的音樂隨著歌手高亢的嗓音越來越大，他手指敲點的速度變快，但他依然聽得見自己在說什麼，「被丟過石頭。」

「咦？」織女吃驚地摀住嘴，似乎沒想到面前這對姊弟幼時曾被其他孩童欺侮。

「那時候就是一刻幫我們的。」蘇染在說起這話的時候，唇角浮現淺淺的笑意，「他的個子也沒比人高，卻還是擋在我們前面，對其他人破口大罵。」
「那時候就很凶，明明這麼矮。」蘇冉比了一個不到腰間的距離。
一刻抓起一朵紙花砸向蘇冉，「我那時候矮干你屁事？幼稚園是能有多高！你們是不是眞的很閒？花都不用做了嗎？」
「附帶一提，一刻只要害羞、難爲情，就會找別的話題逃避原話題。」蘇染抬手指向自己的青梅竹馬。
一刻惡狠狠地瞪著蘇染，那氣勢足以令不認識他的人感到驚駭。
然而蘇染已經認識他那麼多年了，只是無動於衷地迎視回去。
果然，最後一刻啐了一聲，扭過頭，用沉默當作抗議。
話題中的主角沉默了，不代表話題就不能再繼續下去。
「還有嗎？還有其他的事蹟嗎？」織女覺得聽不過癮地問。
「喂，蘇染、蘇冉，你們夠了喔。」一刻迅速回頭，警告地說。
「事蹟嘛，有的。」蘇染不爲所動，從上衣口袋掏出黑色小冊子，翻了翻，在某一頁停下來，「幼稚園大班，小熊班的小胖嘲笑我和蘇冉的眼睛，還揪我頭髮。一刻大怒，直接和小胖扭打成一團。」
「哇喔，眞暴力。」喜鵲掩著嘴，細聲細氣地說。

原本視線落在紙花上的蘇冉突然抬起頭，被劉海壓著的眼似乎閃過安靜又銳利的異光。

蘇冉很快又低下頭，彷彿什麼事卻沒發生，然而他的手肘卻輕觸身旁的蘇染一下。

蘇染神色不動，不著痕跡地將自己的一隻手探往身後，隨即便感覺到有手指在掌心裡書寫——那是只有他們姊弟倆才懂的溝通方式。

待手指抽走，蘇染抬起頭，鏡片後的藍眸精準地望向了某個方向。

喜鵲忽然感覺到有視線落在自己身上，她快速地東張西望，古靈精怪的眼眸因爲警戒而睜大。但放眼望去，卻沒有誰在盯著自己。

蘇染在看著一刻；蘇冉戴著耳機摺紙花。

喜鵲狐疑了，她再次打量最有嫌疑的蘇氏姊弟，依舊沒發現任何異樣。

喜鵲盤腿抱胸，認眞地思索一會兒，她突然一拍翅膀，飛離了織女的髮絲。

「我靠……蘇染妳那裡面連這種小事也記嗎？」一刻用著目瞪口呆的表情瞪著自己的青梅竹馬，連他自己都記不得的事，蘇染居然有辦法說出來。

「我說過，鉅細靡遺。所以，你要看嗎？」蘇染主動將小冊子遞向前。

「絕對不要。」一刻堅定地拒絕，他一點也不想知道裡面究竟眞正記載了什麼。

一刻不想看，可喜鵲想看。她飛到了蘇染身旁，正想偷偷瞄幾眼，那本小冊子就這麼剛好地闔起，回到蘇染的上衣口袋裡。

這兩個人類眞的沒發現自己嗎？喜鵲的疑心越來越重，瞥見一刻朝自己投來警告的眼神，她乾脆飛到一刻耳邊，細細的手指扯住他的耳朵。

「喂，白毛。」喜鵲嘀咕地說，「你的朋友眞的沒看到我嗎？他們有靈感，現在是晚上，你們學校又鬧鬼。」

「不要一直說別人的學校有鬼，就算他媽的是眞的也一樣。」一刻用氣聲凶惡地回話，一邊還要小心別讓蘇染他們覺得自己行跡詭異。

不過喜鵲的疑問也是一刻壓在心裡的納悶。他裝作耙頭髮地將手往耳朵旁伸去，趁機一把抓住喜鵲，將她往桌上的紙玫瑰小山一扔，一直被人扯住耳朵也是很痛的。

「咳嗯。」一刻清清喉嚨，他也想弄清楚事實。見其他人的注意力都放在自己身上後，他設法想找出一個可以試探的話題。

但拐彎抹角本來就不是宮一刻擅長的事，他想了半天，然後悲哀地發現自己的大腦竟是一片空白。

「欸，蘇染，你們學校眞的有鬼嗎？」倏地出聲的人竟是織女，她眨巴著天眞的圓眼睛，一副好奇的姿態。

一刻一愣，隨後便看見織女飛快地轉過頭，朝他比出一個ＯＫ的手勢，還附送一記眼色。

那眼色有諸多含義，不過綜合起來，大抵可以歸結爲——

這種小事就交給妾身處理吧，部下三號，你只要懷抱感激、感恩、感動的心等候就行了！

蘇染和蘇冉對視一眼，隨後同時開口：「妳是在叫哪一個蘇染/蘇冉？」

「哎？」織女可沒想到蘇氏姊弟會反問這個問題，她下意識地先比向蘇染，緊接著她就像不服氣地睜圓眼睛，「你們不知道妾身是在喊哪一個？」

「鬼才會知道妳喊誰，兩個音都一樣啊。」一刻伸出手壓著織女的頭髮，難得有取笑她的機會。

「妾身可不是小孩子。」織女撥開在頭頂上作亂的那隻手，她看看一刻，再扭頭看看蘇染他們，稚嫩的小臉上流露出更加不服氣的表情，「但是一刻喊，你們就知道啊！爲什麼妾身喊就不行？這可不公平！」

「因爲他是一刻。」蘇染說。

「一刻不一樣。」蘇冉也說。

「因爲我認識他們十幾年了，沒什麼好公平不公平的。」瞥見織女還是氣鼓鼓的，一刻用手指戳了一下她的額頭，「妳不會就叫『小染』跟『阿冉』來分辨？這事有什麼好在意的，妳不是有事要問？」

說到這裡，一刻放低了聲音，就怕被自己的兩名青梅竹馬聽到。

人。」

「喂，有話就快問、有屁就快放，再拖下去都晚了，咱們最遲可是十點半就得通通走

即使社團通過了夜間留校的申請，但按照規定，最晚也只能留到十點半。時間一到，警衛就會過來趕人。

「一刻你很髒耶，不要開口就是屁。」織女鄙視地睨了一刻一眼後，重新將注意放回前方的少年和少女。她清清喉嚨，小胸膛無意識挺起，決心要在部下三號前好好表現一番。

「蘇染……唔，還是叫小染好了。妾身是想問，這學校是不是鬧鬼呀？聽一刻說，這裡以前是墳場，還發生過大地震？」

最好是老子說的啦……一刻暗暗翻白眼。

「大地震是有，十五年前的事。」蘇染推了一下眼鏡，有條不紊地說，「也曾經是墳場。這裡以前是小學，當年地震壓死不少孩童。爲了挖出被土石埋住的屍體，沒想到卻在更深處發現許多骨骸，才知道這裡曾是座墳場。」

「不是吧？蘇染妳還眞的知道？」一刻開始懷疑有什麼事是他這位朋友不知道的了。

「要了解自己的學校，這是基本功課。」蘇染瞥他一眼，「一刻你不也知道？」

「咦？啊，呃……」沒料到蘇染會反問自己，一刻一時間找不出話搪塞。他哪會知道墳場的事？那還都是織女告訴他的。

「所以有鬧鬼囉？欸欸，告訴妾身吧。你們學校有鬼嗎？」織女迅速奪過發言權，把蘇染與蘇冉的注意力拉回自己身上，以免一刻露了什麼餡。她繼續擺出無辜又好奇的姿態，「你們有看過鬼嗎？妾身啊，對這類事情最感興趣了！哪哪，跟妾身說嘛！有看過半透明的影子嗎？有聽過奇怪的聲音嗎？」

蘇冉停下手中摺紙花的動作，他和他的姊姊一塊直勾勾地望著織女和一刻。那兩雙藍眼睛看不出什麼波動，平靜得不可思議。

被兩人安靜地直盯不放，一刻和織女都有些緊張起來。

被發現了嗎？他們早就已經知道了嗎？

就在一刻忍不住想出聲打破什麼，一道聲音率先響起了。

「沒看過。」蘇冉先說。

「沒聽過。」蘇染接著說。

一刻莫名地鬆口氣，他清楚蘇染他們不會騙他，他並不希望他們被牽扯進他身邊的這些非日常中。

可是就在下一秒，一刻心中瞬間凜了一下，他飛快地瞪向蘇染和蘇冉。他發現到蘇染是說「沒聽過」，而蘇冉則是說「沒看過」——蘇染是「看得見」的那個，蘇冉才是「聽得見」的那個。

這不對！他們並不是說……

「蘇染，你們……」一刻繃緊了臉部線條，語氣有著掩不住的急促。

「雖然我沒聽過，蘇冉沒看過。」蘇染舉起手，淡然的嗓音截斷一刻本想說的話，「不過我們學校，倒是真的流傳著一個沒人想證實的疑似靈異事件。」

「疑似……靈異事件？」一刻頓時被分了心，他狐疑地瞇起眼，想到下午時自己曾被唬爛過一次，「不是像男廁那個那麼鳥的吧？」

「這是學校警衛、老師、還有其他社團掛保證的，只有晚上待過學校的人才知道。」蘇染將食指輕置唇邊，表示這是一個不被公開的祕密。

一刻和織女的好奇心這下真的被釣起來了。

「電話。」蘇冉指向擺在中央桌子的綠色話機，每間社團教室都有一台，「它每天晚上會響，一刻。」

「啊？」一刻垮下了臉，覺得自己又被糊弄了。電話會響有什麼好稀奇的？

「只在十點十分的時候響起。」蘇冉像是沒看見一刻的表情，他用手指敲著桌面，繼續將話說完，「一樓社團教室的全部電話。」

一刻微愣，半晌後才真正反應過來。

「全部電話？」一刻吃驚地站了起來，「等一下，你是說同時響起嗎？」

蘇冉點點頭。

一刻張開嘴。如果說只是一通電話，還可以當成惡作劇；但全部電話一併在同一時間響起，白痴都知道有問題。

「有人……接過？」一刻舔舔唇。

「我接過一次。」蘇染承認，「沒聲音，不過後來我們都決定不接了。」

「爲什麼？」

「十五年前的大地震，就是晚間十點十分發生的。就算沒聲音，也沒人願意去接了。」

「那總可以拔掉電話線吧？」一刻皺眉，像不明白怎麼沒人想過這個一勞永逸的辦法。

蘇染輕輕地吐出一口氣。

蘇冉離開他坐的位置，來到一刻面前。他拍上一刻的肩膀，藍眼直視對方，「萬一變成眞的靈異事件怎麼辦？」

「啥？」一刻一頭霧水。

「不拔，可以當惡作劇。」蘇冉冷靜地說，「拔了，響了，就眞的是靈異事件。」

一刻不自覺地眨了下眼，腦內同時正在消化蘇冉這一串過於簡潔，但不會妨礙理解的話。

一刻很快就想通了，他啞口無言，眞的找不到話來反駁。

就正如蘇冉所說，只要不拔掉插頭，任憑電話再怎麼響，響得再怎麼詭異，都還可以自我說服這只是一個惡作劇。但是一旦拔掉插頭，鈴聲依舊準時響起的話，那可就是任何理由都說服不了了，擺明就是眞的——有鬼。

一刻坐回椅子上，總算明白蘇染爲什麼說這是一起沒人想證實的疑似靈異事件。

一刻用五指耙理著白髮，眼角覷了下牆上的時鐘，他下意識地嚥下口水，九點四十六分。

驀地，有什麼東西從後砸了過來，正中一刻的後腦勺。一刻回過頭，瞧見方才被紙花淹沒的喜鵲正從小山堆裡爬出來，還對他憤憤地做了一個鬼臉。

一刻沒放在心上，可是當他捕捉到織女眼中的躍躍欲試時，他的心裡登時警鐘大響。就算用腳趾頭想，他也猜得出來織女躍躍欲試著什麼。

電話插頭。

該死的，她絕對想拔掉電話插頭！

開什麼玩笑，有些事情一點也不需要去證實的！最起碼，知道有鬼是一回事，但親自撞鬼可又完全是另一回事了。

一刻覺得他目前的生活已經夠雞飛狗跳了，不需要再多添什麼。

「聽好了，妳要是敢……」一刻雙手抓住織女的肩膀，將她整個人扳了過來，面對面地正對自己。他找著腦袋中的言語，好讓對方打消主意，「總之妳絕對不准……」

「不准什麼？」織女眨了眨眼睛，露出最天眞無邪的表情，「放心啦，妾身知道你要說什麼，妾身才不會幼稚得去拔插頭。」

不，妳就是那麼幼稚！一刻瞪著那張可愛的小臉，他可以拿織女那位有蘿莉控傾向的老公發誓，織女鐵定會去執行。

想讓她忘記這事，就得讓她專注在別的事，無暇分心。

有什麼事可以使織女徹底專注？一刻鬆開抓著細瘦肩膀的手，他喃喃地、無聲地吐出一個字——瘴。

一刻猛地一個激靈，他簡直想痛揍自己一拳，他怎麼忘記了這麼重要的事？

該死的，那隻瘴！他們還沒找到那隻逃脫的瘴！

「蘇染、蘇冉。」顧不得去在意織女會不會執行她的惡作劇，一刻的目光迅急地轉向兩位青梅竹馬，「我們學校有哪個傢伙被我揍過多次，還一直不死心來找我碴的？告訴我，這事很重要！」

「有明確表現出來的就有五十九人，暗自懷恨在心的難以估數。」蘇染不愧是蘇染，遲疑一秒後便快速地吐出答案，只是這答案讓一刻黑了臉。

靠么啦，這是要他怎麼找？

「不對，眞正持續不懈的有三十三人。」蘇冉將數字再縮小。瞥見蘇染揚起眉朝他投來一眼，他說，「剩下的二十六人我去打過一次招呼，他們道過歉，發誓不會再找麻煩。」

「你去找過他們？」一刻震驚地拔高聲音，但立即鎮定下來，「不對，你本來就不是吃素的，這沒什麼好吃驚……你是怎麼叫他們道歉？算了，我不想知道這事……」

「打個半死，再叫他們道歉，下跪道歉。」蘇冉的眼神和語氣都很平靜，和他吐出的話一點也不相襯。

一刻直直地瞪著蘇冉一會，接著他放棄地揮下手，「我早就知道你比我還狠的，蘇冉……該死的，誰管這個啊！就算剩下三十三個，天殺的還是很難找！」

一刻就像陷入了強烈的煩躁，他在社團教室裡踏著圈子，如同一頭安定不下來的獅子。

「金色的……妾身記起來了，是金毛！」織女在聽見一刻問起蘇冉他們時，立刻反應到他的目的是什麼。她頓時忘了其他事，所有心力都放在這上面——他們要尋找瘴的宿主。

雖然織女對當時的那張人類面孔毫無印象，但她總算極力想出幾個跟臉無關的特徵。

「一刻，那傢伙是金毛！嘴唇還有一個金色的環！」

金髮、唇環，加上時常找一刻麻煩。

這三條簡單卻強力的線索，馬上就讓蘇染和蘇冉篩選至只剩一名人選。

蘇染和蘇冉對視一眼，在彼此的眼中看見肯定的色彩。

「是江言一。」蘇染輕推一下鏡架，「你找的那個人是江言一，他是二年級的老大。」

第八針

江言一重重地掛上電話，他的眼神陰狠，瞳孔深處就像在燃著一簇火焰。

「幹。」他語氣森冷地迸出一句髒話，最後決定先放棄撥打電話。他走到套房裡的小冰箱前，從裡面取出一瓶礦泉水，扭開瓶蓋，仰頭灌下一大口。冰涼的液體沿著喉嚨滑入臟腑，卻依舊弭平不了心中那股無處可發的怒意。

抹了抹唇角沾到的水漬，江言一將沒喝完的水塞回冰箱內，粗暴地關上冰箱門。

站在自己的套房裡，江言一捏緊拳頭，呼吸有些急促。他看見掛在浴室裡的鏡子正好映出自己的臉，他的嘴角歪曲，不帶笑意地扯動一下。

於是鏡裡那個眉眼細長的金髮少年，也扭曲地扯了一下唇角。

嚴格來說，那是一張稱得上端整俊秀的臉。只是那頭特意染成燦金的髮絲、嘴上的唇環，還有眼裡過多的陰戾之氣，都像是某種標籤，讓人見了只想退避三舍。

江言一瞬也不瞬地瞪著自己的臉，沒有傷口、沒有瘀青，什麼也沒有，一點也不像昨夜挨了拳頭的臉。

江言一記得很清楚，他被宮一刻毫不留情地揍了，那人的拳頭向來不會特意減輕力道。

可是，爲什麼居然沒留下任何傷口？

江言一把自己扔到椅子裡坐著，耙梳著髮絲。他必須承認一件事——他對昨夜被打倒後的事一點記憶也沒有。

沒錯，他什麼也想不起來。他醒來後就發現自己待在套房裡，而且整整過了一天，窗外已是黑幕低垂。

江言一還記得甫清醒時，面對的是滿室黑暗的驚疑。他不敢相信自己怎麼會在房間裡，他不是應該在跟宮一刻打架的嗎？

但是任憑江言一再怎麼回想，他的腦海就是浮現不出任何相關畫面。這簡直就像個謎，而江言一卻是個不允許身邊有著無法掌控事物的人。

他試圖推測，最後得出一個比較可能的事實——

或許是他被打暈之後，他的同伴送他回來的。至於自己是怎麼進來的，也許他曾短暫地清醒一會兒，自己拿出鑰匙打開房門？

江言一不讓自己以外的人進入房間，他甚至只稱身旁的那群人是同伴或同類，不是朋友。

只不過，這項推測卻在江言一打電話給昨夜的同伴後，瞬間被推翻。

一開始他用手機撥打，可怎樣也沒想到不是沒人接聽，就是轉入了語音信箱。

當所有昨晚曾和他一起行動的人都像斷了音訊般，再怎麼遲鈍的人也知道事情不對勁了。

更何況江言一一點也不遲鈍，更不是個笨蛋。

即使他在其他人眼中是個惡名昭彰的不良少年，可實際上，在同年級中成績卻是相當優異。因此就算他常遲到、早退、蹺課，師長也拿他沒辦法。

確定事情有異之後，江言一換了個方法，他不用手機，改用套房裡的家用電話，將同伴的電話號碼重新撥打一遍。沒想到才撥出第一通，相當快就接通了。

話筒裡傳來對方困惑又不耐煩的詢問，似乎猜不透這支陌生的市話怎麼會打來。

但是，江言一的聲音一響起，出乎意料的事情發生了。對方竟然驚叫一聲，迅速地掛掉電話，慌張的態度擺明就是不想與來電者有所牽扯。

江言一眼神沉了沉，接下來他繼續撥打其他人的手機。但彷彿就像是事先說好，一發現是他打來的電話，另一端馬上掛線。

八個人，相同的反應。

這說明了昨夜一定發生了不尋常的事。

坐在椅上的江言一閉上眼，他厭惡這種捉摸不定的感覺。他重新睜眼，站了起來，既然那幾個傢伙不肯面對自己，那他就從其他人著手。

江言一伸手撈過桌上的手機，改撥另一人的電話。雖然對方昨晚不在現場，不過他與那幾人的交情也不錯，從他身上套話，估計能旁敲側擊出什麼。

手機沒一會兒就接通了。正如江言一所料，對方雖有些緊張，不明白自己怎會突然接到這通電話，卻也沒當場掛掉。

不著邊際地閒扯幾句，江言一將話題導至他想知道的事情上。

對方絲毫沒有懷疑，一聽到他問起朋友的情況，立即哈哈大笑。

「言哥，我跟你說，小六那白痴眞的蠢透了！他昨天半夜打電話過來，說他看見妖怪，還說你被妖怪吃了。哈哈哈，哪可能會有這麼蠢的事啊！言哥，小六該不會是昨夜嗑藥嗑多了？他還跟我說那妖怪長了四隻手臂，身上都是紅眼睛。對了，言哥，你們昨晚不是聽說還碰上了宮一刻嗎？怎麼沒找我？老子也想狠狠揍那白毛一頓啊！」

江言一沒有回話，他沉默。

察覺到這陣詭異的沉默，手機另一端的聲音漸漸不安。他想到江言一已經敗在宮一刻手下多次，而昨晚很可能又……

他嚥了嚥口水，緊張地改變話題，聲音變得乾巴巴的。

「啊哈哈……言哥，不提小六那白痴。你知道林槐出事了嗎？」

「林槐？」江言一揚起眉，這人也是時常和他行動的同伴之一，性子衝動，不怎麼會動腦筋，他向來沒將對方放在眼裡，不過嘴上還是問了，「他怎麼了？」

「他昨晚出車禍了。聽說那小子居然跑去偷他家老頭的車來開，結果在中源路那邊撞上電線桿，情況似乎挺嚴重的……言哥，你想我們該不該去看一下？」

「要去你們自己去。」江言一冷淡地吐出這句話作爲結束。也不等對方有所反應，直接切斷了通訊。

將手機抓在掌心，江言一思考著方才獲得的消息。妖怪，紅眼睛、四隻手臂的妖怪，而自己則是被妖怪吃了。

「荒謬。」江言一說，「如此荒謬、愚蠢。」

這世上哪來的妖怪？如果他被妖怪吃了，又怎會好端端地待在自己房裡？但是，那八人表現出的驚駭也太詭異了。

江言一在房裡站了一會兒，最後抓起鑰匙，打算出門，直接去昨晚打架的地點一探究竟。只不過才正準備開門，門外竟然就響起了敲門聲。

江言一的眼中閃過詫異。

「誰？」他表面上不動聲色地問道。

而下一刻外頭響起的回話聲，卻令江言一著實吃了一驚。

「言哥，是我，林槐。」

林槐？江言一眼神中閃過異色。假使沒記錯，他剛剛才聽到林槐昨夜出車禍的消息，傷得還挺嚴重。

一個車禍重傷的人，怎會有辦法來到他的住處？

但是門外的聲音確實是林槐沒錯。

心中閃過數種念頭，江言一沒立即開門，他先從門上的貓眼朝外窺視，走廊上的確站著一名年紀和他相仿的棕髮少年。

是林槐。

見狀，江言一打開了房門，冷淡的視線掃過門外少年，「聽說你不是出車禍？」

「啊？那個啊，其實根本就沒什麼大事啦。」棕髮少年先是一愣，接著抓著頭髮笑，露出因長期吸菸而泛黃的牙齒，「是我家老頭故意放這些話的，說什麼要讓我跟狐什麼黨的斷絕來往。神經，只不過是把他車子前面撞凹，又不是什麼大不了的事。言哥，你說對吧？」

「你來做什麼？」江言一懶得聽進那串抱怨，不耐煩地扔出一個問題，「有話快說，不要浪費我的時間。」

「言哥，我們能不能……換個地方說？」林槐又在抓著頭髮。

江言一注意到林槐的手指不時會傳來一陣細微的顫抖，像是沒辦法控制一樣。

他覺得有點古怪，卻又說不上來哪裡怪。

「言哥，是宮一刻那小子的事。」見江言一不回話，林槐似乎有些著急，他低聲補上一句。

果不其然，江言一的眼神變了，從原先的不耐冷淡轉成陰狠。

「要去哪說？」江言一不拖泥帶水，將決定權扔給林槐。

「學……學校。言哥，咱們去學校說吧。」林槐低下頭，喃喃唸著什麼，「那裡有好聞的味道傳出，而且也適合……適合……」

江言一聽見了那些如同囈語的句子，卻琢磨不透帶有何種含意。他懶得再深思下去，他現在在意的就只有宮一刻。

不客氣地打斷林槐的自言自語，江言一冰冷地瞪了林槐一眼，要他別拖拖拉拉。

林槐像是被那可怕的眼神嚇到，瑟縮著肩膀，急急忙忙轉身下樓。

樓梯間的日光燈靜靜照著一前一後下樓的兩人，誰也不曾注意到那投映在地上的黑影，竟小幅度地翻湧鼓動，彷彿一種不屬於這世界的生物。

——分不清究竟是林槐的影子，亦或是江言一的影子，在動。

晚間十點的利英高中安靜得幾乎像要與黑夜融爲一體。學校正門的警衛室還亮著燈，嚴防任何不法分子闖入。

江言一和林槐並沒有從大門進去，就算學校可以讓學生待到十點半，但他們不想因此被警衛多加詢問。他們採用其他途徑進入學校——蹺課蹺久了，總會知道一些不易被發現的門路。

既然答應林槐談話地點由他決定，一進到校園裡，江言一也不囉嗦，直接讓林槐領在前頭。

只見林槐避開了那些還亮著燈的地方，來到一處空地。那裡立著一塊石碑和兩頭石獅。

就算江言一沒多留心學校的事，也知道這是用來紀念十五年前大地震罹難者的。

林槐停下腳步，轉身面對江言一，他的臉被一旁的樹影擋住，半張臉看不太清楚。

「你要跟我說宮一刻的什麼事？」江言一也站定，從口袋裡掏出打火機和香菸，漫不經心地點著。他吸了一口菸，看著橘紅色的光點變熾，將菸夾在指間，細長的眼冷淡又陰戾地瞥向林槐，「如果是糊弄我，林槐，我不介意讓你爸說的事變眞的。」

「言哥。」林槐開口了，但吐出的話卻與宮一刻沒什麼相關，「你不覺得這裡很不錯嗎？這裡靈氣多，最適合我們這種人了。」

「林槐，你是撞到腦子嗎？」江言一的聲音聽起來帶有笑意，彷彿還有心思和人開玩笑。

可是，他眼裡半點笑意也沒有。

凡是認識江言一的人都知道，這是一種危險訊號。然而應該也明白這點的林槐，不但沒有趕緊把事情導回正題，反倒繼續說出更加令人莫名其妙的話。

「我以前從來沒發現待在這裡多麼舒服。」林槐的手又在抖了，「言哥，你也一樣吧？」

「林槐。」江言一俊秀的臉上浮現微笑，可眼中卻是盛怒。他無視林槐的問句，也不想去探討爲什麼自己確實在踏進學校後，就感受到一種奇異的舒適感，在以往都不曾擁有。

林槐的手抖得更厲害，但他就像是渾然未覺，整隻手臂像要掉下來般，那畫面如此恐怖。

突然間，林槐的手停止了顫抖，他說，「言哥，你知道癢嗎？」

江言一猛然一震。他不知道這是怎麼回事，他很確定自己根本就不明白林槐口中的「瘴」是什麼，但他腦海內卻自然而然浮現某種黑暗；與此同時，他感覺到血液如同沸騰一般，耳朵甚至捕捉得到血液奔流的聲音。

「你知道？」林槐抬起頭，眼神透著古怪，「你不知道？不管你知不知道……言哥！把你的瘴給我！」

林槐發出咆哮，在下一秒朝江言一衝了過去。

江言一神色一厲，反射性一退，感覺到自己腳下好像踩著什麼。他沒有多加留意，在林槐的手臂即將揮到面前時，毫不客氣地將還燃著的菸狠狠按到那隻手臂上。他一腳踢出，將哀號中的林槐踢倒在地。

林槐模樣可憐、狼狽地喘著氣，他的手臂被菸頭燙出一個焦黑的痕跡。他喘氣聲漸漸變輕，沒有再爬起來，他的手指又在抖了。

一切的事情如此古怪。

江言一再後退一步，即便他從不將林槐放在眼中，但面對像神經病一樣的人，他不容許自己大意。

江言一這一退，又讓他感覺到自己的腳下的確踩著某個東西。

一張紙，一張報紙。

他下意識地低頭一看，那是一張晚報，不知道是誰扔在這裡的。

在僅有月色照耀的情況下，江言一卻發現自己居然有辦法將報紙上的大標、小標全看得一清二楚，就連那些密密麻麻的報導內容也毫不含糊。

江言一應該要懷疑自己的視力爲何突然變得異常地好，可是他所有注意力都被報紙上的新聞標題拉了過去。

那張報紙剛好是地區新聞版，粗黑的字體寫著「中源路夜間驚傳車禍，未成年駕駛重傷命危」，旁邊還搭配著一張車輛撞上電線桿，車頭全毀的怵目照片。

報導寫出車禍發生的時間是昨晚八點半左右，一名林姓少年因車速過快，失控撞上路邊的電線桿，送醫急救，性命垂危。

江言一慢慢地挺起身子，將視線移回前方少年的臉上。

「言哥，你幹嘛用那種奇怪的眼神看我？」林槐咧出微笑，用他顫抖的手抓了抓頭髮。他發現對方腳下踩著的那張報紙，明明隔了一段距離，他卻好像也看得見報紙上寫些什麼。

「啊，那新聞。」林槐的笑容咧得更大，聲音倏然變成一種不該屬於他的粗礪，「那是我宿主車禍的新聞嘛。」

江言一的臉上確切地閃現動搖，那不是林槐的聲音，就連語氣都像換了一個人。

「少在那邊裝神弄鬼！」江言一深吸一口氣，聲調冷酷陰戾。

「嘖嘖，這可眞奇怪。」林槐重新站了起來，偏過臉，用一種審視般的目光打量著對方，「你的意識是你自己的？我到剛剛都還以爲是我的同胞在模仿你的反應呢，就像我一樣。」

「我聽不懂你在鬼扯什麼。」江言一又退了一步，全身緊繃。他知道自己這回碰上的，是根本無法用常理解釋的事。

應該車禍重傷的林槐不但就站在自己面前，而且自己的體表竟還開始浮現黑氣。

「那還眞可惜，我比較喜歡讓人聽明白一點。」林槐，或者說佔據林槐身體的人聳聳肩膀，「我的宿主想活下去。他明明就撞到兩個人了，他恨死那兩個被他撞到的人，他覺得沒有他們，他就不會撞上電線桿。他也恨透那些不趕緊救他出來的人……我被壓著、我被卡著，你們幹嘛不先救我？你們是白痴蠢蛋嗎？」

那道粗礪的聲音模仿一般，又變回了林槐的語氣。

「於是就這樣，咻地一聲，同胞，我被釣上來啦，然後嗅到相近的味道找到了你。」

林槐特地做了一個類似釣魚的動作，黑氣不止浮上了他的身體，還蔓延到他的臉，整個人的外貌似乎都在改變。

黑氣蠕動，他漸漸被黑暗吞噬，變成一團——黑暗。

江言一的掌心冒汗，呼吸急促。他看著眼前這超乎常理的驚悚畫面，他應該要逃，但卻覺得自己的心臟越跳越快，宛若雷鳴。血管裡的血液在瘋狂奔騰，腦海裡有什麼在飛快閃現。

漆黑的形體、血紅的眼睛。

黑暗、黑暗、黑暗，意識被切斷。

「同胞，我都已經告訴你那麼多了，既然你不給點反應，那更好。」吞噬住林槐、如同變形蟲蠕動的黑暗說著。一道歪斜的缺口隨著說話溢出，從那團黑暗上裂了開來，像一張嚇人的大嘴巴。

「把你的力量全部給我，全讓我吸收吧！」黑暗大聲狂笑，他的身體猛然像張網子般，朝著江言一包去。

黑暗的笑聲突地噎住，他不敢相信地看見自己的軀體竟然沒法再前進，就像被看不見的障壁擋住一樣。

怎麼回事？難道說……寄宿在林槐身上的瘴驚疑地看向了位於中央的江言一。

金髮少年的眼神陰狠，瞳孔猩紅。

下一剎那，更加龐大的黑暗從江言一體內瘋狂湧出，向著周圍膨脹出去。

「等、等一下，同胞……饒了我、饒了我！」淒厲的尖叫瞬間就被吞噬。黑暗擴展，粉碎了周遭的石碑和兩隻石獅。

而在石碑和石獅碎裂瞬間，另一陣尖銳的聲音同時拔起，加入了擾亂今夜寧靜的行列中。

第九針

當一刻反射性地接起忽然鈴聲大作的電話時，他大腦一片空白，只有一個念頭拚命旋轉。

幹！他怎麼就這樣接起了？

一刻眞是恨死自己的反射神經，他明明記得十點十分的電話不能接，也記得這通電話或許是非人者打來的——十五年前的大地震就是在十點十分發生的。

一刻瞥見織女正露出驚嚇的神情，像是不敢相信他怎麼會接起電話；蘇染和蘇冉也都站了起來，藍眼睛緊緊地盯著自己。

白髮少年嚥了嚥口水，在心裡第一百次咒罵自己眞是個豬頭，怎麼就是管不住自己的手。

不過這也不能怪一刻，在家時電話都是他負責接的，宮莉奈似乎怎樣都不會特別注意鈴聲。長時間下來，才會讓他養成一聽見電話響就飛快抓起話筒的習慣。

現在這習慣倒是害慘了他。

望了眼那些緊盯著自己的眼睛，一刻深吸一口氣，告訴自己別太在意。蘇染不也接過嗎？還不是一點事都沒有。

其實這個時候，應該把電話掛回去的。但一刻不能否認人就是有些犯賤，既然接都接了，就會忍不住好奇接下來會發生什麼事。

於是一刻屏著氣，將話筒貼近耳朵。

什麼聲音也沒有。

沒有說話聲、沒有嘈雜聲、也沒有掛斷電話後會有的嘟嘟聲，就只是一片純粹的死寂。

一刻繃緊的表情放鬆，正當他打算向其他人表示沒事，猛然間一股顫慄感飛速襲捲過來。一刻瞬間僵直著背脊，他說不上那是什麼感覺，彷彿周遭空氣忽然帶電般，刺得他渾身不舒服。

擁有這種感受的人顯然不只一刻，織女、喜鵲、蘇氏姊弟也都變了臉色。

蘇染和蘇冉並不明白發生什麼事，他們只是直覺地感覺到不對勁。可是織女和喜鵲不一樣，她們對這種氣息太熟悉了，她們知道那是什麼。

「一刻！」織女小臉微白，急急地向一刻大喊道。只是最為關鍵的字句還沒來得及喊出，窗外就已經響起一陣宛如雷響轟鳴的咆哮。

所有人一時間都忘記電話的存在，轉過頭，他們看見一團黑影出現在視野裡，並且用難以想像的速度急遽膨脹，轉眼竟超過了一層樓高。

黑影停止增長，他的形體逐漸改變，左右兩側各冒出了兩隻碩大的臂膀，接著那黝黑的表面上浮上無數紅點。紅點擴大，從中長出更細微的黑點。

乍看之下，像是無數雙冒著紅光的眼睛。

即使蘇氏姊弟天性冷靜，比一般人有更多機會接觸不可思議的事物，可是眼前這完全超出想像的光景，著實是令他們怔住了。

他們望著那似人非人的異形身影，短時間內似乎忘記該怎麼反應。

一刻卻是冷汗直流，他慢慢地將話筒擱在桌上，心裡祈求那些該死的紅眼睛千萬別轉過來，發現他們這群人的存在。

只可惜，天往往不從人願。

一個黑點無預警移動了。

下一瞬間，所有如同瞳孔般存在的黑點全數轉向手工藝社團教室的方向。

幾乎同一時間，社團教室的第一扇窗戶玻璃猛然碎裂，然後是第二塊、第三塊……

「幹幹幹！蘇染、蘇冉趴下！」一刻駭叫，他沒法多想，他的手臂撈過織女，抱著那具嬌小玲瓏的身軀，迅速地往最近的桌子底下躲去。

玻璃碎裂的聲音不絕於耳，劈里啪啦的聲響不斷響起，然後是大大小小的碎片砸落在地的聲音，令人聽了一陣心驚膽顫。

從一刻的位置，可以瞄見蘇染和蘇冉也都躲在安全的地方，沒有被玻璃碎片波及到。

顧不得深思爲什麼他們追擊的瘴會出現在學校裡，一刻不敢遲疑，馬上從口袋裡掏出隨身攜帶的針線盒。他鬆了攬抱著織女的手，趁青梅竹馬沒留意的時候，扯下一段白線，屏氣凝神，將線往桌外扔出。

將學校圍住，將學校圍住，將這整間學校圍住！

如同感應到一刻強烈的意志，應該要順著地心引力掉落的白線頓時凌空衝起，迸放出白光，轉瞬間穿過天花板，消失在社團教室內，周遭的景物緊接著產生一瞬間的疊影。

「幹得好，一刻！」織女拍下一刻的手，「結界圍成功了！」

一刻聞言鬆口氣，可是很快地，他就知道這口氣鬆得太早。

教室裡已經不再有玻璃碎裂的聲音——所有窗戶都被破壞殆盡——但取而代之的，是低啞嗚噎的呻吟。

「好……痛苦……」那就像是無數人同時在呻吟。

一刻聽見了這聲音，下意識地先瞥向外頭的瘴。那隻四臂妖怪似乎正奇怪教室裡的人怎麼忽然消失了，紅眼睛盯著，巨大的身體卻沒展開行動。

如果不是瘴的話，又會是……

「好黑……好重，不能……呼吸……」那陣虛弱得像會隨時消失的呻吟出現了。

這一次，一刻聽得很清楚，聲音是從他的右邊傳出的。他戰戰兢兢地扭過頭，沒看見什麼駭人的景象，只看見剛剛被自己擱在桌上的話筒，因爲震動而從桌上垂了下來，搖搖晃晃地垂掛在半空中。

「喂，白毛！」喜鵲揪住一刻的白髮，「是那個，是那個啊！」

一刻沒有喊痛，也沒有問是哪個，他吞下口水，目光落在那話筒上。

「救命……救……命……」呻吟聲就是從話筒中傳出來的。

一刻繃直了背，喉嚨發乾，「織女，現在又是怎麼回事？妳最好不要告訴我……」

「不要告訴你什麼？這不是很明顯嗎？一刻。」織女伸手戳了戳那個電話筒，「妾身以爲你知道耶，就鬼啊。」

廢話，這場景白痴也知道見鬼了！一刻眼明手快地把那隻愛作怪的小手扯回來，他不確定自己現在是該和那支話筒拉開距離，還是爲了躲避瘴而繼續待在桌子底下。

就像是察覺到一刻猶豫的心思，垂掛著的話筒倏地又晃動了一下。

「不能呼吸……好痛苦……」無數人在呻吟，「好痛苦、好痛苦、好痛苦——所以大家都要一起痛苦！」

無數人迸出尖叫和狂笑，話筒裡鑽出多隻蒼白透明的手，每隻都朝著一刻的方向抓來。

一刻沒有多加思考，他想也不想地狠狠踢翻桌子，在電話與桌子一塊翻倒的同時，抓著織女的衣領飛快地往後退。

桌子摔上地面，電話滑了下來，連同一大堆紙玫瑰灑了一地。

一刻卻沒心思去關心那些，沒了桌子的遮蔽，他的上方可是空盪得很。他瞧見本來還和教室有段距離的四臂妖怪不知何時已在窗外，全部的紅眼睛居高臨下地俯視他一人。

「我操……」一刻撐著地板，喃喃地說，「有沒有這麼倒楣的？」

四臂妖怪的眼睛發出紅光，下一秒，四隻強而有力的手臂扯開窗框，一隻漆黑的腳也跨了進來。

「一刻！」一隻手猛力地拽住一刻後領，在四臂妖怪的其中一隻手臂探進來前，將一刻及時拖至安全範圍。

一刻被那一拽，差點一口氣梗住，施在喉嚨上的壓迫幾乎令他產生嘔吐欲望。他咳了咳，甩去那份感覺，迅速地站了起來，但也沒忘記扔給蘇冉一記瞪視。

「蘇冉，你剛是想謀殺老子嗎？」

「不那麼做的話，你眞的要被謀殺了。」蘇冉鎭靜地直指他們前方的妖怪，「被他。」或許是因爲身軀過於龐大，四臂妖怪的行動重重受阻，一半的身體還被卡在教室外。

「我建議有話待會再說。」蘇染插嘴，她拉開另一側的窗戶，沒有欄杆圍在外頭，那等於是一個最佳的逃出口。

一刻同意，他毫不囉嗦，先抓起織女就往窗外丟，隨即厲聲催促起自己的青梅竹馬。

「蘇染、蘇冉，你們動作快點！」

「一刻你先！」蘇冉堅持不退讓。

「閉嘴，老子說了算！」一刻壓根不想浪費時間在這種小事上，他嘴上斥罵，手上也不客氣，直接將戴著耳機的少年往外推，順道重重補上一腳。

蘇染很有自知之明，論力氣，她絕對爭不過一刻，況且爭執這種事只是浪費脫逃的時間。她動作俐落地爬窗跳出，一刻則接在她之後。

就在一刻他們跑出數步後，他們的身後便傳來了巨響。

藉著教室日光燈和月色的照耀，所有回頭望的人都能清楚看見，社團教室對邊的一面牆壁被砸出一個凹陷，石塊崩落，在凹陷的中心則卡著一隻手臂。

就只是一隻漆黑的手臂。

一刻立刻明白發生了什麼事，那隻四臂妖怪又拔下他的手臂當武器用了。

只是事情並不僅如此，那隻卡在牆裡的手臂忽然掙動起來，緊接著竟是脫離牆壁，直直地朝一刻等人飛抓過來。

一刻咒罵一聲，取出針線盒裡的針，這種緊急時刻他也不想去在意如果讓蘇染他們看到，他們會做何感想。

白髮少年集中所有注意力，只等銀針拔長，就要使勁全力朝那直逼而來的大掌揮劈下去。

可是……沒有白光，針也沒有改變形態。

應該發生的事情什麼都沒發生。

一刻不想管織女的父親是不是天帝了，他現在只想大罵她的祖宗十八代——

「他X的爲什麼沒反應啊！」

「一刻危險！」

少年憤怒的大吼、小女孩驚懼的尖叫，卻怎樣也無法阻止那隻大掌的索命逼近。

眼見漆黑的粗大手指就要抓住來不及閃避的白髮少年，千鈞一髮之際，兩抹身影快一步從左右衝出，同時擋在一刻面前，接著就是重物撞擊上硬物的悶聲響起。

蘇染和蘇冉手抓鐵鏟，這對孿生姊弟狠勁十足地將那隻手臂擊打出去。

一刻張著嘴，一時反應不過來，「娘的咧……你們這是從哪弄來那玩意？」

「那邊。」蘇氏姊弟有志一同地直指側邊大樹下，也不知道是不是工友遺漏在那的。

同樣將這驚人一幕收進眼裡的織女和喜鵲，則是嘴巴張得更大，幾乎能塞進一顆蛋。她們曾看過一刻粗暴地將四臂妖怪踹倒在地，但她們可沒想到，一刻這對宛如資優生的青梅竹馬行事作風居然也可以這麼凶暴。

「眞……眞不愧是一刻的朋友哪。」織女大感震驚，不自覺將內心話都說了出來，「妾身是不是該將他們收爲部下四號和部下五號比較好？」

「妳想都別想！」一刻可是聽見這句話，他登時怒目瞪視著織女，不允許她將主意打到自己朋友身上。

「一刻，我再次建議你有任何話可以待會再說。」蘇染的手按上一刻的肩膀，素來冷靜的語調多了些微的緊張。

「包括你為什麼要拿出一根針也一樣。」蘇冉安靜的聲音則感覺到緊繃。

一刻嗅到危險的氣味，他轉過頭，眼裡正好映入社團教室內湧出大片黏稠黑暗的光景。

黑暗像一灘爛泥巴，嘩啦嘩啦地灑墜在水泥地上，然後蠕動著，重新快速塑起身形。

一隻長有三隻手臂的妖怪再次站在一刻等人身前，他的嘴巴從頭部直裂到腹部，嘴巴旁有著多隻猩紅色眼睛。

除此之外，一刻覺得這隻瘴似乎比最初見到的時候更高、更大了。

妖怪伸出一隻手，將落至地面的手臂撿起，裝了回去。

卻沒想到在這個時候，一刻等人身後居然響起一聲斥喝，同時還有一束亮晃晃的光線直射而來。

「你們幾個！聚在這裡做什麼！」

一刻被嚇了一跳，反射性地回頭，立刻罵出一聲髒話，因為他瞧見的是學校警衛氣急敗壞的臉。

年輕的警衛似乎被騷動引了過來，正想對他們破口大罵，但自上方落下的奇異低沉哮聲卻讓他不由自主抬高手電筒。

淡黃色的光圈照在一個漆黑的物體上。那物體高過兩樓，兩側共生四隻手臂，一張大嘴從頭裂至腹部，周遭還有無數猩紅色眼睛。

年輕警衛瞪大眼，嘴裡擠不出成調的呻吟，下一秒，竟是兩眼一翻，昏死在地。

一刻沒時間搭理那名可憐的警衛，他看見四臂妖怪的紅眼盯住他們，心裡響起警鐘。

「快跑。」一刻仰著頭，盯緊恢復四臂的妖怪。

「立刻跑！」一刻再次大吼一聲，雙腳同時迴轉邁出腳步。

四臂妖怪發出震耳欲聾的咆哮，自後追了上來。他的每一步都令地面產生震動，而手臂不時撞向建築物和樹木。

每次聽見身後有重物落地的聲音，一刻的心臟就忍不住一陣緊縮。但他隨即告訴自己，現實的學校並沒有受到什麼損傷——除了那排窗。

「蘇染、蘇冉，你們先想辦法跑到大門！只要出了大門，應該就安全了！」一刻邊跑邊飛快地說。他知道那隻瘴的主要目標是自己，只要和自己分開，他倆就不會一併被當成目標物。

「我拒絕。」蘇冉回答，他一手抓住一刻的手臂，將他扯到一棟建築物後方的同時，對蘇染使了個眼色。

蘇染會意，拉住織女跟著一起閃到建築物後頭。陰影籠罩著他們，形成一個天然的遮蔽。

「我也拒絕。一刻，你說『你們』。」蘇染微喘著氣，但直視一刻的藍眼依舊堅定無比，

「那不包括你，對吧？」

「你們不了解，這是因爲我……」一刻扯開蘇冉的手，煩躁地說。

建築物外側又傳來一聲咆哮。

「宮一刻……宮一刻！」

但沉重的腳步聲卻沒靠過來，四臂妖怪似乎又追丟了一刻他們。

「那傢伙喊了我的名字，他在找我！」一刻攢緊拳頭，全身肌肉繃得死緊，氣忿地揮舞著手，「他只、是在找我！」

「所以，我們就該放你一人安心逃走？」蘇染的眼瞳裡也凝聚出一絲怒氣，但她把這絲怒氣壓抑得很好，沒讓自己的語調突然起伏，她拿出不離身的黑色小冊子，「一刻，你說是的話，我就要把你幼稚園的尿床次數公布給全學校知道。」

「蘇染！」一刻漲紅了臉。

喜鵲才不想理會三名人類在吵什麼，那多無聊，她更感興趣的是那本黑冊子，她眞的很想知道那裡面究竟記錄些什麼。她拍動翅膀，悄悄地飛到蘇染身旁。

然而就在她準備將腦袋探向冊子內頁時，五根細白的手指竟立時抓住了她。

蘇染一把抓住喜鵲。

這突如其來的一幕，大大讓喜鵲、織女和一刻感到震驚。

「什……這是怎麼回事？放開我！妳這野蠻無禮的人類！」喜鵲從震驚中回神，不敢相信地掙動著身子，想脫出束縛，但那五指強硬得不可思議，絲毫沒有鬆懈。

「妳最好省點力氣，蘇染『聽不見』妳在嚷什麼的。」蘇冉的眼睛沒看向喜鵲，可他吐出的句子無一不是在針對她。

喜鵲惱了，「可惡、可惡！你們果然跟白毛一樣，都是粗魯……」

「蘇染，摀住她的嘴巴，吵。」蘇冉的聲音還是平平靜靜的，待喜鵲只能發出含糊的抗議聲，他又說，「妳怎麼說我們都沒關係，敢說一刻的壞話，我會想辦法拔光妳的羽毛。我『看不到』，所以粗暴一點也是沒辦法的事。」

事情演變至此，已經很清楚了。

一刻無意識地舔了下嘴唇，「你們……」

「早就知道喜鵲的存在？」織女搖搖頭，彷彿仍難以相信，蘇氏姊弟實在掩飾得太好了。

蘇染鬆開手指，放開喜鵲，她摘下眼鏡，「下午在教室的時候就看見了。」

蘇冉停止手機的音樂播放，他拿下耳機，「同理，下午就聽見了。」

「你們只是裝作沒看到和沒聽到？」喜鵲尖聲指控，既然早就被拆穿，也沒特意隱瞞的必要了，她光明正大地讓蘇染他們能夠真的看見和聽見。

「如果一刻不想要我們知道的話，我們本來可以一直假裝不知情。」蘇染平靜地說，「不過事情到了這地步，我和蘇冉並不希望一刻你爲了不想牽扯到我們而綁手綁腳。」

頓了一下，蘇染直視表情複雜的一刻，藍眼滲入眞摯，「一刻，即使事後你不希望我們問也沒關係，別顧慮我們，做你想做的事。」

「因爲你是我們的英雄。」蘇冉的唇角和眼角爬上了笑意。

一刻抿著唇，他的眉頭依舊緊緊皺著。

織女屏著氣，不停地來回看著這三名朋友。

下一秒，一刻的眉頭鬆了，他嘴角勾起，眼神又恢復如同往常的銳利、囂張、自信十足。

那正是宮一刻的表情。

「老子不是什麼英雄，只是做想做的事而已。」一刻說著，他大手一揮，直接比向了織女和喜鵲，也不再特別隱瞞。就算自己接下來要說的，在一般人眼中看來是如何荒謬的事，可他知道，蘇染和蘇冉會相信，「她們是織女和喜鵲，神話故事『牛郎與織女』中的那兩個。」

「什麼叫那兩個？一刻你眞是沒禮貌。」織女昂起尖細的下巴，面向蘇染他們，雙手扠腰，其高傲的姿態如同當時一刻在房間所見，「妾身正是織女，是天帝的小女兒，同時也是一刻的上司！小染、阿冉，倘若你們想和一刻成爲工作夥伴，一起賺取高額的年終獎金，妾身也是可以……」

「可以你媽！」一刻迅速地打斷織女可能會有的長篇大論，他一把將那抹小身影拎起，目光凶狠說，「剛是誰說不會對我朋友出手的？而且那是『妳的』年終獎金！」

「吼！一刻，妾身也只是說說嘛。」就算被拎離地，織女還是有辦法用趾高氣揚的眼神睨著一刻，彷彿她才是俯視人的那一個。

一刻深呼吸，告訴自己現在可不是和一個小蘿莉計較的時候。

「織女。」他咬著牙，質問他當下最想弄明白的事，「妳給我說清楚，爲什麼妳給的針沒反應？妳這樣是要我怎麼跟那隻瘴打！」

「打擾一下，一刻。」蘇染輕拍上一刻的肩膀，「你說的瘴，就是那東西嗎？」

「啥東西？」質問被打斷，一刻不耐煩地扭過頭，順著蘇染指的位置看出去。

一刻的大腦空白數秒。

「啊，靠。」他只記得說出這兩個字而已。

在一刻等人用來藏身的建築物後，有一顆巨大的漆黑頭顱不知何時探了出來，無數猩紅眼睛就這麼靜靜盯著下方的一群人影。

然後，低沉又像是多層聲音疊在一起的聲響，從那張嚇人的嘴巴內震動了出來。

「找到了。」

「找到了、找到了、找到了。」

「宮一刻。」

「大家。」

「宮一刻該死。」

「大家、大家、大家——大家一起痛苦地死吧!」

咆哮聲、大笑聲,那並不是錯覺,四臂妖怪的嘴裡確實冒出了不止一人的聲音。

那是?蘇染的瞳孔微縮,她看見四臂妖怪的身旁竟然纏繞縷縷黑氣。但是蘇染沒時間多提醒其他人,因爲四臂妖怪的拳頭砸了下來。

「織女大人!」喜鵲迷你的身軀立刻散發銀光,回復成鳥類的原形,在拳風波及過來之前,奇快無比地滑飛過織女的身側,將她載至背上,再奮力高飛。

「慢著,喜鵲!還有一刻他們!」織女揪住喜鵲的羽毛,急聲命令道。

「我載不動他們的!織女大人,先叫那白毛解除神器的封印比較快哪!」

「封印、封印……但是不該有封印的!封印應該在昨日使用妾身神力時就解除了呀!」織女懊惱地抱住腦袋,倏然靈光一閃,眸子睜圓,「難道說……」

一刻可不知道織女想到什麼,他正忙著躲避那些接二連三落下的碩大拳頭。地面被打出一個又一個凹坑,石屑不停飛射,同時他還得留意蘇染和蘇冉的情況。

幸好,那癢的目標似乎眞的只有他,四隻手臂全衝著他而來。

然而一刻的心裡剛暗鬆口氣,四臂妖怪的動作忽然停下了,身上散發著紅光的眼睛在轉動,看向一刻,看向蘇氏姊弟!

「別妨礙我和宮一刻。」

「不對不對，要公平，大家都要痛苦。」

四臂妖怪的嘴裡再次冒出了多人說話的聲音。

「宮一刻該死。」

「大家都該死。」

「那就一起通通去死！」

隨著重疊般的低哮吼出，四臂妖怪的皮膚下竟開始蠕動，接著掙脫出一張張的臉孔。大部分都是小孩子，他們五官扭曲，表情怨毒猙獰。

一刻看傻了眼，他怎樣也沒想到瘴還會再改變模樣。

而且，為什麼出現了小孩子的臉？

「是瘴靈融合！一刻，這是妖怪和亡靈融合了！」織女在高空緊張叫道：「聽好了，一刻，你再試試當初你對妾身說的那番話！」

瘴靈融合？那番話？哪番話？一刻的腦袋快轉不過來了。

「告白！一刻，昨晚你對妾身的熱情告白啊！」織女就像是受不了一刻的遲鈍，她摸出之前放進口袋的紙玫瑰，用力地扔向下方的白色腦袋。她驅使著喜鵲靠近瘴，想讓瘴在這段空隙把注意力全放在自己身上。

表面浮出多張孩童面孔的妖怪一動也不動，紅眼睛忽明忽暗，扭曲的臉孔浮現又隱沒，如同雙方在進行抗爭。

一刻的臉色迅速轉成鐵青，「告妳老木！那種恥得不得了的東西不是根本不用說嗎？織女，這種時候妳他媽的別唬爛我！」

「但是神器沒反應，你就只好再說一次了！說不定是神器愛聽你的告白嘛！否則妾身也想不到別的可能了！」

「妳這神仙當得未免也太混了吧！」一刻爲自己有這種上司感到絕望，但更絕望的是他居然得在蘇染他們面前喊出那麼恥的台詞。

只是一刻也明白事態緊急，他再不喊，大家就只能一起等死了。開什麼玩笑，他的人生夢想可是娶個可愛的老婆、生兩個可愛的孩子，哪能掛在這種地方！

眼見四臂妖怪的眼睛全數亮起紅芒，瞳孔似的黑點一律落在他和蘇氏姊弟的身上，一刻握緊那根細小的銀針。

「蘇染、蘇冉，到我身後去，抗議通通給我省下！」

四臂妖怪身上的人臉全都看向了三名人類，他們發出了咯咯咯的尖笑聲，稚氣、天真、還有邪惡。

黑色的氣旋在四臂妖怪身邊飛快流轉，越轉越快。

「織女！妳要是再騙我的話，老子絕對詛咒妳祖宗十八代！」一刻自暴自棄地大叫道：「我，宮一刻，發誓……」

「去死去死！被壓死！被砸死！大家一起痛苦地死死死死死死！」

瘋狂的尖嘯蓋過了白髮少年的聲音，不待他喊完誓詞，轉動著的黑色氣旋猛然爆發，強勁無比的氣流朝四周噴發而出，向所有物體重重撞擊過去。

細瘦的樹木被攔腰折斷，面向著氣流的玻璃窗戶裂成碎片。

「呀！」織女抓著喜鵲，來不及脫出影響範圍的她們也在空中驚險地翻滾了好幾圈。

而首當其衝的一刻、蘇染和蘇冉，則是被吹掃得倒飛了出去，直到數十公尺外，身體才重重摔墜在地。

一刻將悶哼嚥下，那一撞讓他覺得五臟六腑像在體內滾了一圈，背部、後腦以及手肘還另外傳來尖銳的刺痛。

「馬的……」一刻還是忍不住罵了句髒話，他忍痛撐起身體，發現自己躺在一地石塊碎屑之中。不去管這些石屑是哪來的，他隨即想到自己的朋友。

「蘇染！蘇冉！」一刻焦急如焚地四下尋找，如果他的朋友真因此出了什麼事，他一輩子都無法原諒自己。

一刻剛扭過頭，眼裡頓時映出另外兩抹倒在地面的身影。蘇染正慢慢睜開眼睛，蘇冉已按著額角坐起。

一刻鬆了口氣，他的眼角在下一剎那捕捉到第三抹身影。

一刻愣住。那是一名棕髮的少年，眼睛閉著，沒有半點動靜。

那是誰？一刻沒想到這裡還有他們以外的人，錯愕地審視著對方，直到織女心慌意亂的尖叫從高處砸下。

「一刻，後面！小心啊！」

一刻遽然回頭，四隻伸長的手臂正向著他迎面而來，他沒法多想、無法多想，左手無名指的神紋在發熱。

「我，宮一刻，發誓對織女奉獻出真心、忠誠，在此說出我願意——」

一刻聽見了聲音。

那是他自己的聲音。

第十針

潔白無垢的光芒就像一場爆炸般迸發開來，中央的光束直衝雲霄，外層的光圈呈放射狀地彈射出去，強硬地撞上了四臂妖怪。

隨著孩童的悲鳴湧出，那具龐大的身軀也被逼退了好幾步，最後就像是抵抗不了那股壓力，再也支撐不住身體，朝後方倒去。

如同要撼動地面的聲響和晃動傳來，四臂妖怪撞上了後方的建築物，水泥塊嘩啦嘩啦地砸落下來，埋在他身上，連課桌椅也滾墜了下來。

一棟明顯是供學生上課用的大樓就這樣被撞出一個大洞，變成了教室的半邊剖面圖。

一刻手握著與劍等長的白針，目瞪口呆地看著那棟可憐的大樓，他倒抽一口氣。

「那是一年級教室！靠，那是一年級教室！」

「那又不是真的一年級教室。」童稚的嗓音訓斥似地自一刻背後響起，「一刻你阿呆耶，你忘記你已經張結界了嗎？」

一刻轉過頭，瞧見織女七手八腳地自喜鵲身上爬下來。

一落地，織女伸手拍拍喜鵲，「趕快去找墨河或尤里過來，誰距離近就找誰。管他是不是在洗澡或上廁所，都把他給妾身帶過來！」

「知道啦，織女大人！」喜鵲咯笑，兩隻豐厚的翅膀再張開，使勁地一拍騰，迅速地衝進夜空中，轉眼就消失在天際。

「織女，妳找尤里和墨河要做什麼？」一刻問，不忘留心倒陷在大樓裡的巨大身體。

四臂妖怪似乎受到了不小衝擊，一時半刻都沒有移動的跡象。

「當然是找他們過來支援，妾身沒想到會出現瘴靈融合的情形。噢，這地方一定是被亡靈們弄了封閉的結界，弄得這玩意都打不出去。」織女從衣裡抓出一個扁平的黑色長方體，不高興地搖了搖。

「靠！黑莓？」一刻咋舌，「神仙還用手機？」而且還比他的高級！

「一刻，妾身不是告訴過你了？神仙也是會科技化的。」織女收起黑莓機，對著一刻失望地搖搖頭。

「是是是，妳說得都是。」一刻聰明地不在這話題上多做打轉，「妳剛說的瘴靈融合指的是什麼玩意？還有那邊的那個傢伙是人嗎？」

不是一刻要對那名陌生少年抱持著懷疑，但在鬼啊、妖怪都出現的情況下，再冒出一個非人類，顯然也不是大不了的事了。

「誰？」織女轉頭，盯住不遠處橫倒的身影。她歪著脖子，上下地打量一番，「不知道、不認識、不是妖怪、不是神仙、不是鬼。啊，那是？」

織女不知道發現什麼，驀地低呼一聲，三步併作兩步地跑向前。

一刻本來以爲她是在那名少年身上發現任何線索，沒想到她卻看也不看那少年一眼，而是越過了他，在更前方的草叢前蹲下。

「織女，妳別跟我說妳發現了黃金。」一刻翻翻白眼，對小女孩的行爲感到莫名其妙。

「一刻，他是我們學校的學生。」蘇染站在棕髮少年的身側，藍眼望著對方的臉。

「咦？」

「還跟你打過架。」蘇染又說。

「啊？」一刻也靠了過去，可不論再怎麼看，他對那張臉就是沒印象，「眞的還假的？」

「眞的。」蘇冉在少年身旁蹲下，直接從他身上搜刮出皮夾，翻出裡面的證件，「林槐，常跟在江言一旁邊的其中一人。」

「跟在江言一旁邊的人？」一刻攢起眉，他想不透這人和江言一怎麼會突然出現在學校裡。他用鞋尖踢了踢那名少年，後者依舊一動也不動，徹底沒了意識。

忽然間，一刻眼尖地發現棕髮少年身下露出一角紙片。他蹲下身，好奇地將紙抽了出來。

那是一張報紙，今日的晚報，還是地區新聞版的。

一刻本來只是漫不經心地掃了掃，但視線一落及上面的新聞標題時，臉色頓時一變。

「一刻？」蘇染他們沒有漏看他的表情。

蘇冉立刻接過報紙，藍眼睛飛快一掃。

「昨日晚間八點半左右，中源路發生車禍，駕駛者是未成年的林姓少年……林姓少年？林槐？」蘇冉沒有多推敲林槐和報上少年的關聯，他的聲音繃緊，「一刻，中源路是你家，那裡發生什麼事？這新聞有什麼問題？」

「那場車禍……」一刻無意識地收緊握著白針的手指，眼神狠戾，「那車禍其實有撞到人，它撞到我跟織女，是織女救了我。」

蘇染和蘇冉的表情瞬間凍結，他們像是想壓抑下乍聞這驚人事實的驚慌，但仍舊讓一絲情緒洩露出來。

「所以說，林槐就是撞到你們的人嗎？」蘇染的聲音輕得危險，她不著痕跡地緊抓住蘇冉的手臂，不讓他將腳踩上林槐的肋骨。

「我不知道，老子根本不知道撞到我的人是圓是扁。」一刻煩躁地吼，沒注意到蘇氏姊弟間的小動作。他怎麼可能有心思去看肇事者長怎樣？那時候的他，正因爲自身的毫髮無傷陷入不安和震驚當中。

一刻深吸了一口氣再吐出，「不可能是這傢伙……就算他也姓林，報紙上可是說過駕駛重傷，而這個傢伙連點傷也沒有。」

「什麼東西沒有？一刻，你們在說什麼呀？」織女跑了回來，正巧捕捉到最後兩個字。

「在說昨晚撞到妳跟我那場該死的車……妳拿那什麼東西？」一刻吃驚地瞪著織女懷中的兩個殘破石塊，不明白她去草叢裡挖出這個是要做什麼。

「哎?這個嗎?這是守在一刻你們學校裡的獅子,雖然腦袋破成這樣了。」織女小心地將兩個石塊放下,「妾身現在終於明白爲什麼會出現瘴靈融合了。石獅被打破,一直被鎮在下面的靈氣和亡靈才會通通跑出來。」

「等一下,妳說鎮什麼?這跟石獅又有什麼關係?」

「鎮靈啊。石獅自古以來就有鎮煞、鎮靈的作用,因爲牠們是吾等神明的使者。只是牠們現在形體碎滅,力量也隨之消散。」織女蹲下,閉眼合掌,嘴唇微動,似乎在喃唸著什麼。

這一剎那間,她的眉眼悲憫,一點也不像平日氣勢高傲的模樣。

很快地,織女又重新站了起來,細白的手指戳上一刻,「部下三號,不要再逃避自己學校有鬼的現實啦,妾身一直重覆強調也很累耶。」

「又沒人要妳強調……」一刻咕噥。

「鎮靈的石獅被破壞,下面的亡靈才會跑出來……織女,按照妳的話,十點十分的電話這次居然傳出了聲音,難不成就是因爲這個緣故?」蘇染的腦子動得最快,她總是能比其他人早好幾步串聯起許多事。

「賓果!你們這裡以前是墳場,殘留的靈氣被當年死於地震中的孩童吸收,靈識早已扭曲。他們跑了出來,還和那隻瘴融合。不過,妾身有一點想不通,在融合之前,那隻瘴的力量好像比第一次……」織女越說越小聲,如同陷入深思,最後她停下思考,眸子滴溜一轉,對上三名人類，「對了，所以你們剛剛是在說什麼？」

「在說昨天撞到我們倆的車禍。」一刻的語氣生硬，不管是誰在提到這種事的時候，都不會感到高興，「妳記得開車的人長怎樣嗎？」

「妾身哪會記得？」織女噘起嘴巴，「就是兩個眼睛、一個鼻子、一個嘴巴。啊，還有他是棕毛。」

一刻本來就不對織女的記性抱持任何希望，然而一聽見最後一句，他的神情僵硬住了。

一刻先是望了蘇染和蘇冉一眼，接著緩緩地看向地面上的那名棕髮少年。

林槐。

「但是不可能啊……」一刻喃喃地說。即使林槐具備著和車禍肇事者相同的兩項特徵，可是他的身上沒有應該要有的外傷，這也是不爭的事實。

「一刻，什麼東西不可能？你說得完整一點嘛。」織女不滿，覺得只有自己被蒙在鼓裡。

「地上這個，姓林，和撞到我們的傢伙同姓。」一刻伸手比了比地上的林槐，「還是棕毛。問題是他看起來不像剛遇到車禍的樣子，所以不可能是撞到我們的人。」

織女聽完這番話，卻沒有馬上說出原來如此，反倒是蹙起細細的眉，仔細地審視著躺在地面上不動的少年。下一刻，她忽然蹲在林槐身旁，小手往林槐胸前探。

「喂，織女。」一刻原本是要說現在可不是性騷擾一個陌生傢伙的時候，可是接下來發生的，卻令人大吃一驚。

那隻細白的小手不止是摸上林槐的胸口，還伸了進去。

對，就正如字面所描述的一樣，織女是「眞的」將手伸進林槐的身體裡面——彷彿衣物、皮肉都構不成任何阻礙，就像穿越一潭水，輕而易舉地把指尖沒進裡面。

一刻不由得屏息。

織女的神情在將手探進林槐體內時出現了變化，嚴厲的表情迅速佔據了那張可愛的小臉。

「妾身眞不敢相信……居然、居然會有這等事！」織女迅速抽回手，忽地站起，「他的身體裡有瘴曾經存在的痕跡！」

「這是什麼意思？」一刻繃緊了臉，「妳是指他曾被江言一身上的瘴入侵過嗎？」

「當然不是！」織女握住小拳頭，她轉頭瞪向了猶被建築物壓住的四臂妖怪，「怪不得妾身會覺得那瘴的力量不同以往。」

「織女，把話說清楚一點。」一刻弄不明白織女究竟在說些什麼，唯一可以明白的，就是事情顯然正朝向不樂觀的方向發展。

「他。」織女收回目光，食指指尖再次指向林槐，「體內有瘴待過的痕跡，但現在卻是空的，連點欲線也沒留下。一刻，妾身看得見你懷疑的眼神。別忘記妾身說過的，就算看不見欲線的實際長短，但妾身知道它們存不存在。有痕跡，卻連代表欲望的線都沒了，那只能說明一件事。」

織女板著小臉，仰起頭，漆黑的眼睛被滿滿的嚴肅佔領。

「他的瘴被吞了，很可能還是追著你跑的那隻瘴吞的。不，妾身猜一定就是。」

「什……」一刻立時說不出話來，他懷疑自己是不是聽錯了。織女這話的意思，不就是有兩隻瘴，而且一隻還被吞了……「等一下！瘴會吃瘴嗎？爲什麼我完全不知道有這種事？」

「你現在不就知道了？」織女抱著胸，繞著昏迷的林槐走來走去，也不管是不是不時踩到林槐的手指，「瘴會吃瘴，就當弱肉強食的道理就好了。既然這小子曾被瘴入侵，那他如果眞發生車禍卻沒傷，也就解釋得通了。可是，這種事現在一點也不重要了。」

織女停下轉圈，她踮高腳尖，揪住一刻的衣襬，要他低下頭來。

她說，「部下三號，你不能跟他硬碰硬。」

「他？誰？」一刻反射性問道。

「當然是他！」織女比向半塌的建築物方向，她拉高聲音，「你不能，妾身說你不能就是不能！你面對的是一隻吃了同伴，還跟亡靈融合的瘴！」

破開一個大洞的一年級大樓突然傳出一個聲響，驚得所有人下意識全轉過頭。

月夜下，建築物下方不再傳出任何動靜，露出一半身體在外的四臂妖怪還是不動，也許只是建築物的某個地方又塌了下來。

可是就在下一剎那，這項猜測被徹底推翻了。

一隻黑色的手臂從建築物裡拔起，揮開壓在身上的笨重水泥塊還有那些木頭製的課桌椅，重物墜地的聲音接連響起。

同時間，那具龐大的黑色身軀坐了起來，有些暗淡的紅眼倏然全數發亮，閃動著不祥的猩紅光芒。

附著在身軀上的人臉扭曲五官，張開嘴巴；妖怪咧開他的大嘴——所有的咆哮聲、尖嘯聲疊在一起，驚天動地。

一刻扔開織女，毫不遲疑地拾起白針，眼神是野獸追擊獵物的凶狠銳利。

只是剛邁出腳步，一刻就發現自己的腳上多了一股重量。

「織女，快放開我！」一刻怒斥緊抱他大腿不放的小無尾熊。

「不放！妾身救你回來並不是要你白白送死！」織女大叫。

「我讓妳救回來也不是要眼睜睜地看著事情發生卻什麼都不能做！」一刻將巴著不放的織女一把扯開，「還有不要開口閉口咒人死，要是我死了，莉奈姊絕對會被自己製造出來的垃圾給淹沒。這種恐怖的事情……老子說什麼都不會讓它發生的！」

將體態玲瓏的小女孩丟到地上，一刻毫不猶豫地朝著已完全站起的四臂妖怪飛奔過去。

「一刻！一刻你混蛋！」織女被留在原地，她氣急敗壞地嚷道。

兩隻手從後伸出，一左一右地搭在織女肩上，是蘇染和蘇冉。

「一刻一向說到做到。」蘇染靜靜地說，「而且他還沒把莉奈姊推銷出去，他要出事，會不瞑目的。」

「雖然和莉奈姊交往可以成為一刻的家人，但是和三天內就可以製造出整屋子垃圾的女性相處，並不是我擅長的事。」蘇冉抬起頭，藍眸望向一刻和四臂妖怪的方向。

織女知道蘇氏姊弟是在安慰她，他們相信一刻，可同時他們也擔心一刻的安危。這點，織女從搭在她肩上看似隨意、實則緊繃的兩隻手，就可以輕易地感覺出來了。

織女深深地吸一口氣，決定如果她的部下三號敢帶什麼大傷回來——她就去跟宮莉奈說，宮一刻玩弄了她這個天真無邪又善良的可愛小蘿莉還賴帳！

渾然不知道織女替自己準備了多可怕的懲罰，一刻的全副心思都放在前方的四臂妖怪上。他感覺到身上有一股溫暖的力量充斥著他的四肢百骸，那屬於織女的神力正在流動著。

一刻的速度越來越快，幾個跨步之後，身形宛若箭矢拔起衝高，那是普通人類絕對無法衝上的高度。雖然才第二次使用這股力量，但一刻已經能大致掌控住自己的身體。

閃過迎面揮來的一記拳頭，一刻踩上那高高抬起的手背，借力一踏，卻不是繼續往上，反倒是迅速地衝往四臂妖怪的腳下。妖怪揮舞的手臂來不及抓到那抹過度敏捷的矮小身影。

一刻的眼神如刀，嘴上掛著狠戾的笑。他高舉自己的針，朝著物色好的目標奮力刺下。先是腳趾，再來是試圖從後逼近手掌。

鋒利的針尖刺進了妖怪的血肉，疼痛讓妖怪憤怒咆哮，他身上的人臉也齊聲尖叫。

然而這些終究只是小傷，構不成什麼致命的傷害。

一刻比誰都還明白，他要的就是瘴被怒火沖昏頭，最好自亂陣腳。

「來啊！你這混帳在看哪啊？你不是衝著老子來的嗎？江言一！」一刻跑到四臂妖怪的視野內，他對著上方比出中指，大喊出宿主原來的名字。

四臂妖怪低下頭，所有的猩紅眼睛一瞬也不瞬地盯住白髮少年。

妖怪身上的一張臉張嘴發聲，「不能只有一個人。」

換另一張人臉說話，「說好了，要公平。」

接下來是第三張人臉，「大家都要痛苦。」

其餘的人臉憤怒大叫，「要痛苦地一起死！」

四臂妖怪身上的紅眼又一次迸出不祥的光芒，兩隻手臂迅速地朝一刻搥擊而下。

一刻早有警覺，在拳風掃來之前便先緊急躍退。

碩大的拳頭重重地砸在地面上，拳頭下是兩個深深的凹坑。

雖然成功地躲過這波攻擊，但是拳頭砸地時製造出的震動，依舊讓他又滑退了一、兩步。

迅速地穩住身子，一刻立即抬頭，他的心跳差點停了。

站在他面前的還是那隻漆黑又巨大的妖怪。可是，卻不再是四臂，有兩隻手臂消失了！

「小染！阿冉！」童稚的尖叫猛然從一刻背後驚恐響起。

一刻大駭，他飛快轉身，撞入眼裡的景象令他瞬間如墜冰窖，遍體發寒。

蘇染和蘇冉浮在半空，他們的身體各被一隻漆黑大掌緊緊抓住，那兩張相似的面孔正因爲外力的壓迫而流露出痛苦神情。

他們緊閉著唇，不肯發出示弱的呻吟，但他們越來越蒼白的臉色，卻是最眞實地反應出他們所受到的痛楚。

「蘇染、蘇冉！該死的，立刻放開他們！」怒意激紅了一刻的眼，他猙獰著表情，想也不想地衝著蘇染他們的方向急奔過去。

……！

一刻的心臟猛然重重一震，他的身體跟著再重重一震，那欲邁出的腳步竟是不由自主地停下，彷彿有股看不見的力量阻止了他的動作。

強烈的暈眩感無預警襲上一刻眼前，視野內湧現黑暗。

一刻緊抓著白針拄地，內心驚駭，他還記得這種感覺……

「一刻！」織女看見一刻的異樣，心裡湧現不祥的預感，那是神力消耗過度的情況。

但，爲什麼？織女的困惑刹那間消失，她驀然想通了。一刻接受她的神力才兩天，而且昨日還與瘴打過一場。

織女心急如焚地想奔向一刻，可是就在下一瞬間，她神情駭恐，淒厲尖叫，「一刻！」

白髮少年被一隻手臂揮打出去。

和亡靈融合的瘴如同在對付小蟲似地，將白髮少年搧飛到遠處。

一刻的身體撞上樹幹，再滑落下來，唇角溢出血絲。他就像一個破敗的布偶，靜悄悄地癱伏在地面上，沒有動靜。

蘇染和蘇冉望見這一幕，他們的手腳發冷，所有的冷靜、鎮定通通消失在九霄雲外，此刻佔據他們身心的只有恐懼。

妖怪朝一刻走了過去，他抬起大腳，像是想一腳踩扁那一動也不動的軀體。可是他似乎又改變了主意，提起的腳停住，又放了下來。

接著他用兩根手指拎起一刻。

一開始，織女他們還不清楚那隻瘴想做什麼，直到他們看見瘴大大地咧開那張從頭裂至腹部的嘴巴。

織女被恐怖的感覺擊打得快吐了，她頭腦空白，只知道朝那隻妖怪衝過去。

「住手！住手！妾身叫你住手啊——」織女撕心裂肺地尖叫，眼淚溢了出來，但這終究阻止不了任何事。

僅剩雙臂的紅眼妖怪將白髮少年扔進大張的嘴中，然後闔上了嘴巴。

織女陡然跪地，大睜的黑眸不停湧出淚水，眸裡淨是不敢置信。

蘇染和蘇冉像是再也感受不到任何施加在身上的痛楚，湛藍的雙眼連自己也不自知地滑下了眼淚，再爬下臉頰。

再也看不見了嗎？那抹總是擋在他們身前的身影。

再也看不見那人對他們皺眉、吐槽、放肆的大笑。

不不不！絕望和憤怒交織在他們姊弟心裡，形成一隻尖牙利爪的獸，絕望地厲聲嗥叫。

不該是這樣的，事情不該是這樣的！不管是神也好，鬼也好，他們祈求，他們想要能救一刻的力量！

地面上，兩顆石獅的殘缺腦袋忽然動了一下。

「無論……」

蘇染和蘇冉一愣，他們聽見兩道陌生沙啞的嗓音在他們耳邊響起。

「無論是什麼代價，都無所謂嗎？」

蘇染和蘇冉不知道聲音是從哪來的，也不知道究竟是誰在跟他們說話。

「回答吾等，人類的孩子。」

「回答吾等。」

「無所謂。」蘇染說。

「只要能救一刻。」蘇冉說。

「哈哈哈哈哈哈哈哈哈！」沙啞的嗓音驀然拔成大笑，「成交！身體借我們，力量借你們！」

當最後一個音節迴盪在蘇染他們的耳邊，兩顆石獅的腦袋同時也發出熾烈的白光。白光吸引了織女的注意力，那雙淚濕的眸子驚愕睜大。

下一剎那，白光從石獅的腦袋上飛出，化成光束，幾乎同時分別撞入蘇氏姊弟的胸口。

碰觸到光芒的漆黑大手就像是碰上了什麼燙人的東西，手指一抖，兩隻手掌竟飛快地退離了那對姊弟，回到妖怪身上。

織女跪坐在地，怔怔地看著跌落在地面、彷彿暫時被抽離意識的蘇染和蘇冉。他倆沒有動靜，剛撞進他們身體裡的光束似乎也只是幻覺一場。

不對，不是幻覺。織女收緊了手。

「你們……你們的力量沒有被完全擊散嗎？」織女低頭看著地面上的碎石塊，那些都是石獅的碎片，「妾身本以爲……」

忽然罩下的龐大黑影令織女頓住了話，她下意識地仰高脖子，浸著霧氣的圓眸倒映出無數發光的紅眼睛。

四臂妖怪咧開他那張嚇人的大嘴，兩隻漆黑的手掌朝織女當頭兜下，越來越近、越來越近。眼見他即將一把抓住那具玲瓏嬌小的身子，織女的身後猛地掠閃出兩抹人影。

人影的手中各抓著如同利器般的潔白光刺，沒有留情、沒有遲疑，當下迅速地朝兩隻手臂重擊出去。

超乎想像的強大力道竟是將四臂妖怪硬生生打退，甚至一個重心不穩，摔跌在地上。

織女沒有看向瘴的方向，她扭過頭，眼裡的驚愕漸漸地轉變成欣喜。

站立在那的，是蘇染和蘇冉。他們一樣還是一身學生制服，抓在手中、架在肩上的光刺正在改變模樣，變成更爲襯手的武器。

蘇染和蘇冉手持彎刀，刀紋宛如奔雲。而在他們白皙相似的臉上，各一右一左地烙著鮮紅的花紋。

花紋如同奔放的火焰，強勢地佔了半張臉，從眼下橫劃至唇邊。

——神紋。

沒有浪費一絲一毫的時間，少年和少女提起武器，藍眼燒灼著淒厲又冰冷的火焰，毫不猶豫地衝向了前方的四臂妖怪——

「把一刻，還給我們！」

第十一針

一刻猛然睜開了眼睛，然而映入他眼中的卻是大片黑暗。

這名白髮少年慢慢地撐坐起身子，腦袋一時無法運轉，只覺得全身上下痛得像是被狠狠拆解過一番。

「喔，幹，眞的超痛……」一刻耙著頭髮呻吟，嚐到嘴巴裡有血腥味，舌頭甚至也傳來一陣陣的疼。

該不會是咬破了吧？一刻皺著眉，嚥下帶著血味的唾液，試著再動一下手腳，接著再站起身體。

除了全身傳來疼痛之外，四肢和其他部位顯然沒遭到太嚴重的傷害。

一刻鬆口氣，他謹愼地觀察四周環境，一邊回想起剛剛發生的事。

他還記得自己在和那隻瘴對打，蘇染、蘇冉卻遇上偷襲，然後……一刻的臉色倏然鐵青。

幹，他被瘴吞了！

一刻的記憶雖然還有些模模糊糊，但他在被瘴扔出後，其實還有些許知覺，只是強烈的痛楚一時剝奪了他所有反應能力。

所以……自己現在是在那隻妖怪的肚子裡？一刻嚥了嚥口水，他的針也不知道掉在哪裡了，他小心翼翼地再往前走了幾步。

沒有發生任何事，腳下也沒有突然出現一個凹坑讓他跌下去。整體來說，就只是一個黑漆漆的空間，和一刻腦袋裡想的恐怖畫面不太一樣。

這樣的話，應該也不會從哪兒跑出什麼酸性液體，將他溶化得一乾二淨吧？一刻乾笑，不過很快就閉上嘴巴，堅定地停止想像。

現在想這種事，只會令自己越來越不安。

一刻深深吸了一口氣，強迫自己鎮靜下來。沒錯，他需要的不是胡思亂想，而是盡快從這鬼地方離開，越快越好！

只要一想到蘇染他們或是織女可能仍面對著危險，一刻就越來越無法忍受自己被困在這裡。他從口袋裡摸出手機，幸好方才的撞擊並沒有破壞它的機能。

隨著按鍵被壓下，螢幕也散發出光亮。憑著細微的光源，一刻看見不遠處似乎有不同於黑暗的東西。

那是什麼？一刻擰起了眉，不敢大意地步步靠近，手中手機舉高，試圖照出前方物體。

而等到近得足以看出那是什麼時，這名白髮少年不禁倒抽了一口氣。

是江言一！居然是江言一，他被一堆看起來烏漆墨黑的東西給死死纏住！

事實上，一刻至今還是記不得江言一的臉長怎樣，但這裡是瘴的肚子，面前的人又是一頭金髮、唇上穿著唇環，不是江言一還能會是誰？

看起來和一刻年紀相仿的金髮少年身陷黑暗中，雙眼緊閉，一動也不動，對外界的騷動也毫無反應，明顯失去了意識。

這究竟……是怎麼回事？一刻想不透，此刻他也懶得花心思多想。他握緊手機，不讓光源滅掉，另一手謹慎地伸出，試著碰觸上纏綁著江言一的黑色物質。

出乎意料的，那摸起來如同柔滑的布料，不是一刻原先以爲會突然動起來反咬他一口的東西。

一刻的手指施勁，猛力地揭扯下一塊黑暗。江言一的身體細微地震動一下，但依然沒恢復意識。見狀，一刻也不管三七二十一了，他不知道江言一爲什麼也被困在這種地方，反正先弄出來再說。

想到這裡，一刻也不再壓抑著力氣，他不客氣地再次撕抓下那一片又一片的黑色物質。

江言一的身體漸漸顯露出來，當他的上半身不再被黑暗埋住，一刻留意到對方的眼瞳好似在產生顫動。

「江言一！喂，江言一！」一刻乾脆伸手拍打對方的臉頰，看能不能讓人直接甦醒。只是這項實驗還維持不到幾秒鐘，一刻幾乎是下意識地感到了危險，他背後湧起顫慄，猝然一回身，手機光芒對著前方迅速照去。

一刻的嘴唇動了一下，卻不知道自己該罵哪句髒話比較好。至方才爲止平靜得過分的黑暗空間，現在竟然出現了詭異的變化。黑暗正在湧動，雖說幅度不大，卻足以讓肉眼看清。

一刻又不是白痴，他怎會看不出來越漸往這方向靠近的黑暗，是針對著自己。

「江言一，你他媽的快醒過來！」一刻氣急敗壞地嚷。眼見那像浪潮般的黑暗即將逼近，他卻也沒停下手上的動作，反而更加粗暴地拉扯著江言一身上的束縛物。

此舉似乎大大的激怒了那些黑暗，它們高高地竄起，化作數根尖錐物。

瞥見這一幕的一刻臉色發青，白痴都知道這插下去就眞的成刺蝟了。

「江言一！江言一！」一刻顧不得抓住手機了，他使勁地抓住江言一的肩膀，大力搖晃，試圖讓這名少年趕緊清醒過來，「幹他X的你是睡死了嗎！」

一刻一急脾氣就更暴躁，一暴躁出手往往就忘了要控制輕重。他迅速又粗暴地搧了江言一一掌，也不在乎自己這份勁道會不會讓那張端整的臉變豬頭。

江言一只覺得耳邊吵得要死，而且那聲音還是他最討厭的。他壓根不想搭理，但沒想到一記火辣的疼痛在下一秒自他臉頰蔓延開來。

當江言一意識到自己居然被人賞了巴掌，又是好幾秒後的事了，疼痛就像一把火，同時也燒得他戾氣驟生。

江言一倏然睜眼，眼神陰狠毒辣，手指反射性地想要一把揪緊面前人影的領子。只不過對方像是早就預料他這個動作，一隻手更快地揮開他的手指。

接連兩下的疼痛讓江言一眞正地匯聚意識，映入眼中的炫亮白髮還有數量多到招搖的耳環，令他瞬間睜大眼。

竟然是宮一刻！

還沒來得及脫口喊出一刻的名字，江言一就先被更前端的景象攫走注意力。

那是……什麼？江言一不確定自己是不是在作夢，他看見宮一刻也就算了，為什麼會看見黑暗就像箭矢一樣，從上兜頭刺下？

或許是江言一不對勁的僵硬神色讓一刻心生警覺，他連忙扭過頭，眼內同時也迎來黑暗刺下的光景。

江言一知道自己該逃，不論那究竟是什麼，然而他的雙腳卻是動彈不得。

「幹，所以老子才叫你快醒過來，你下面根本還沒拆完啊！」

江言一聽見一刻惱怒地咒罵，他反射性低頭，看見自己的下半身竟是陷在一團黑色物質裡。接著他感覺到自己的衣襟被抓住，白髮少年的手臂肌肉繃緊，好似想將他一把扯起，無奈卻是徒勞無功。

眼見上方的黑暗越來越近，江言一知道白髮少年會躲開來——這才是正常人的反應——而自己則可能會被刺個對穿。

面對步步逼臨的死亡危機，江言一咬緊牙關，不容許自己閉上眼睛。他感到恐懼，他壓抑恐懼，沒人會喜歡這種最初也是最後面臨死亡的感覺……

不對！不是最初！江言一的瞳孔猛地收縮，腦中飛快掠閃過無數片斷畫面。

從上方撲下來的黑暗、來不及發出的尖叫、紅眼、四臂……瘴！

江言一突然感覺到自己的腦袋被人一掌壓下，頭頂上方罩下陰影，卻不是黑暗到來。

江言一不敢置信地瞪著擋在他上方的身影。

他在做什麼？宮一刻那白痴在做什麼？他不是該逃嗎？

「宮一刻，不要以爲這樣我就會感激你！滾開！」江言一厲聲地喊，手臂揮出，想將那抹礙眼的身影扯開，可是猛然落在他肚子上的疼痛讓他中斷了動作，只能吐出呻吟。

「滾你媽啦！老子做自己想做的事干你屁事！」一刻收回踢上江言一肚子的腳，眼神比江言一還要凶狠凌厲。隨後他吐出一口氣，喃喃地說，「織女救回來的這個身體最好能撐得住……」

江言一不知道一刻在低喃什麼，他只知道黑暗眞的刺了下來。他扭曲了表情，無法忍受接下來發生的這一切，憤恨又驚恐地喊出一刻的名字。

「宮一刻——」

黑暗沒有眞的刺穿一刻的身體，熾熱的鮮血也沒有噴濺江言一一臉。

不可思議的事發生了。

那些像是尖錐的黑暗不知爲何竟全數靜止在空中，距離一刻的背只差了那麼幾寸。

遲遲沒有感覺到疼痛降臨，一刻詫異地扭過脖子，他差點被近在眼前的黑暗嚇了一跳。但很快地，他就發現那些黑暗全都不再動彈，彷彿有什麼擋住了它們。

一刻挺起身體，他眼尖地注意到確實是有「什麼」擋下黑暗。在他與黑暗之間，不知何時浮現一層淡淡的光芒。

一刻下意識地尋找起光芒的來源，接著他發覺到一件更吃驚的事——光芒是從自己左手的無名指上發出的。

再正確一點的說法，是神紋在發光。

一刻不自覺地將手指伸到眼前，橘色的花紋確實正散發著光芒。

而一面對上那溫暖色澤的光，那些停在空中的黑暗就像是被抽了一鞭，飛快地退縮回去，最後和地面融爲一體。

「這又是……怎麼回事？」一刻這次是眞的將疑問問出口了，他狐疑地盯著不再起伏的地面一會，隨後轉過頭去，卻沒想到那抹原本坐在地面的身影竟掙開了束縛，猛然彈起，同時一記拳頭正面擊了過來。

沒做出任何防備的一刻就這麼挨上一記。

「幹拎娘咧！」一刻也不是吃素的人，他向來秉持著「來找碴就一律打回去」的準則，他的眼裡迸出狠戾，下一秒就是快狠準地還予拳頭，順道再附送一記響亮的頭鎚。

等發現江言一倒了下去，一刻才猛然想到對方剛醒來不久，要是再昏回去，那他之前的力氣不都白花了嗎？

一刻趕緊蹲下身，一把拎提起江言一的衣領，「喂喂，別跟老子說你又昏了。」

「別抓我的領子。」隨著冷淡又慍怒的聲音響起，一隻手也不客氣地扯開一刻。江言一咳了咳，他撐起身體，陰狠的目光瞪視面前的白髮少年。

「我有叫你救我嗎？宮一刻，別忘記我們可是死對頭。」他的聲音彷彿從齒縫間迸出，

「不要以爲我會感激你。」

「我要你的感激做什麼？」一刻鄙夷地瞥視回去，順帶瞄了一下自己的手指，還在發光，只是範圍變小了，「我只是做我想做的事，跟你有什麼關係？還有，誰跟你是死對頭了，老子到今天才知道你是哪位。」

「慢著，你之前不知道我是誰？」江言一沒有漏聽這句話，他不敢相信地看著眼前的少年，「宮一刻，你跟我打過那麼多次，昨天我們還碰過面，你到現在才他媽的知道我是誰？」

江言一控制不了自己拔高的音量，素來冷淡的語調更像是燃上了火。

「好吧，其實我今天才知道你叫啥。」一刻聳聳肩膀，既然對方問了，那麼他也誠實地告知，「不過是到剛剛爲止才終於記住你長得是啥樣。」

發現江言一幾乎是用一種看見白痴的眼神瞪著自己，一刻也不爽了。

「你又沒長三隻眼睛、三隻耳朵，憑什麼我記得住？」

「就算我沒長三隻眼睛、三隻耳朵，我和你同校，還和你打過那麼多次，記住我是誰是最基本的事吧！」江言一不敢相信自己居然為了這種蠢問題和宮一刻吵。

「我聽你在靠么！老子就是不會記人你是想怎樣！」一刻火大地嚷。

江言一啞口無言，尤其在他發現一刻說得非常認真後，他瞬間像被抽光力氣，倒了回去。

「……幹。」江言一瞪著上方的黑暗，這輩子第一次覺得自己像個白痴。他一直追著宮一刻想分個輸贏，想讓他將自己放在眼裡，結果——原來宮一刻不是不將他放在眼裡，而是他根本就是一個不會記人的大蠢蛋！

「我居然將你這種人當成對手……」江言一呻吟，他從來不曾嚐到後悔的滋味，現下卻是真切地擁有這份心情。

「江言一，不要以為我不會再揍你。」一刻陰惻惻地警告。

「隨便你，反正你只是一個……算了。」江言一在對方捏緊拳頭前，自己先打住了話。他沉默一會，又再次開口，「那是什麼？昨晚吞掉我的那個東西。」

「事實上，你還被他吞著，我在剛才也被吞進來了。」一刻說完這句話才反應過來，他迅速地瞇起眼，「你知道發生什麼事？」

「大致。」江言一坐起身體，臉上又恢復那種冷淡不耐煩的神色，卻已經沒有之前針對一刻的陰戾。或許是他覺得再將一刻當敵手是浪費時間，也或許是……因爲一刻救了他。

「那東西叫瘴吧？」江言一記得林槐是這麼稱呼的，這兩天發生的事他想起了泰半，「我被他吞了，然後沒意識，我猜我跟你打了一場。接著我在我家醒來，林槐來找我，他是……」

「我知道他是誰。」一刻說，「他也被瘴入侵了？」

「對。他找我到學校，攻擊我，想吞掉我體內的那個瘴，我想他失敗了。」江言一淡淡地說，「我記得這些。」

「是失敗沒錯，你的瘴顯然比他強太多了。」一刻站起，低頭望著江言一的臉，「瘴是妖怪，只要人的欲望太過強烈，超出平衡，就會吸引他出現，將人吞噬。」

「我那時的欲望眞是愚蠢。」江言一尖刻地做了一個評論。

一刻惡狠狠地瞪了江言一一眼，隨即不再搭理他，轉而尋找起自己的手機。不知道能不能行得通，但他想試著撥打出去。

在周遭一片黑暗的情況下，一刻手指上的微光就成了唯一的照明。

江言一也注意到那圈奇異的橘紋，不管那是什麼，他知道宮一刻身上也經歷了某種不可思議的事。

「喂，江言一，沒事就幫我找一下手機。」一刻的聲音響起，他抱怨，「馬的，不知道掉到哪去了……」

江言一翻了下白眼，撐地準備站起，但手剛往旁邊一按，就摸到一個小巧的長方體，是手機。他將手機撿起，按下按鍵讓它亮起，想提醒某個完全找錯方向的傢伙，手機就在這裡。

手機螢幕上的光一亮起，江言一就看見粉紅色的機殼和那串掛在手機上的吊飾——可愛的小花和小熊，還有那些粉嫩得不得了的彩色珠子。

這根本就是高中女生才會有的手機。

江言一嫌惡地撇了撇唇，「宮一刻，你的手機在這裡。你能不能換個顏色和那串吊飾？這種娘娘腔的品味實在是……」

江言一沒說出後半段，因爲一刻一回頭就給他一個強而有力的直拳。

就算外表「不良」，染白髮、掛耳環，但宮一刻不准任何人批評他少女般的喜好。

一時忘記這點的江言一瞬間成了受害者，再次倒回地面，這次他雙眼是眞的閉上，擺明硬生生就是暈了過去。

將人揍暈的一刻這才發現自己又反射性出手，他懊惱地瞪著自己的拳頭。這下可好了，得要扛著人想辦法找出口了。

這念頭甫一浮現，一刻便突然發現自己手指上的神紋竟散發出了熾亮的光芒，簡直就像警告訊號。

白髮少年慢慢地轉過頭，看見前方又是黑暗蠕動，並且逐漸凝聚身形，形成了一個擁有四條手臂的黑色人影。

一刻不驚反笑，「喲，是來阻止我扛走宿主的嗎？」

黑影沒有發出任何聲音，他的身上冒出紅點，如同多隻猩紅的眼睛。

一刻不知道自己是怎麼了，也許是織女的神力和他更加融合，也許是其他原因，他感覺到大腦異常清明，像是接下來發生的一切動作都烙印在了腦海裡。

織女曾說過的話響起。

「這可是非常重要的神器，像一刻你只是初級菜鳥，得隨身攜帶才行，否則萬一沒帶在身邊，要怎麼跟瘴打……不是菜鳥就可以直接將神器放進……哎，那是進階版的招式，一刻你暫時用不上啦。」

他伸出左手，五指張開，他知道該怎麼做。

「指令，戰鬥。」這四個字如同一個訊號，一刻的無名指驀然浮現一圈橘色的光紋，就和手指上的神紋一樣，這圈光紋也是由許多更細小的圖騰組聚而成。

彷彿感受到某種危險，黑色人影的中央裂出了嘴巴，冒出咆哮。他朝著一刻衝了過來，四隻手臂同時掄高。

一刻站在原地，看見手指上的光紋瞬間脫出，靜佇眼前不到一秒後便已改變形體。

光紋擴散、拆解、生出更多層光紋，組構成奇異的層疊螺旋狀。層層疊疊的微小圖騰轉動，散發出淡淡的光芒。一系列的動作甚至花不到幾秒。

就在黑色人影的手臂砸下來之前，一刻有了行動。

「開始！」他迅速地將手臂探入螺旋光紋的中心，五指抓握，隨即一道碩大的白痕揮劈向黑色人影。

黑影被擊得倒飛出去，胸前還被橫劃過一道深長的口子。

一刻的手中抓著如劍的白針，臉上露出了凶猛狂暴的笑容。

「有辦法阻止的話就來啊。不過在那之前，你得先被老子砍得不成人形！」

第十二針

大股的鮮血嘩啦地崩墜下來，像兩束湧泉噴灑了一地。同時掉落在地面上的，還有兩隻漆黑粗壯的手臂。

在鮮血噴湧之前，蘇染和蘇冉就已先飛快躍離，沒讓自己的制服沾上一身嚇人的血。

四臂妖怪——或者改稱爲雙臂妖怪或紅眼妖怪——發出了痛苦的吼叫，身體因爲劇烈的疼痛再也站不住，撲通一聲朝前跪了下去。

除了兩道整齊被斬出的切口，這隻妖怪的身上還有不少傷口。相較之下，造成他如此重創的少年和少女，卻是毫髮無傷得過分。

織女跪坐在地上，烏黑的眼眸睜得大大的，目瞪口呆地看著眼前至今發生的一切。

自從獲得石獅剩餘的力量、浮現神紋，蘇染和蘇冉就像是解開項圈、放出閘的猛獸，打得瘴是節節敗退。

「眞……眞不愧是天生有靈力的人……」織女喃喃地說，那對姊弟臉上的神紋就已說明了他們的力量強度。

蘇染和蘇冉互望一眼，隨後再看向被他們斬去兩隻手臂的妖怪。那兩雙藍眼睛裡沒有任何同情，只有冰冷的火焰凝結在裡面。

不給瘴喘息的時間，這對姊弟朝著他再度展開一輪攻勢，這次的目標是妖怪僅剩的兩隻手臂！

鋒銳的刀芒自兩側疾速逼近，採取兩面夾擊，不讓獵物有逃脫的空間。

妖怪的眼睛紅得像要滴出了血。感覺到自己面臨危機，他無視噴出血柱的傷口，僅餘的兩隻大掌伸長再伸長，打算直接兜頭蓋下，最好像拍死害蟲般拍死那兩抹纏人的身影。

不止是瘴自身採取了行動，就連他身體上遍布的人臉旁，居然也冒出一隻又一隻蒼白的手臂。

「噫！」織女忍不住摀著嘴，覺得眼前的畫面過於驚悚，但她即刻意識到現在可不是嫌惡的時刻，「小染、阿冉，小心那些亡靈的攻擊！」

蘇染和蘇冉當然注意到他們反被多重攻擊包圍，沒有交換言語，雙生子天生的默契讓他們瞬間有了反應動作。

蘇染的行動不變，她的速度沒有絲毫減弱，依舊逕自往前直衝；蘇冉卻是腳下猛地一旋，彎刀朝後方的攻擊迎面斬去。

就在這一剎那，僅剩雙臂的紅眼妖怪不知發生什麼事，動作竟忽然停下，身體出現重重一次抽搐，他身上的人臉也破天荒地浮現困惑與吃驚的表情。

「怎麼了？」

「怎麼了？」

「怎麼了？怎麼了？怎麼了？」

孩童們困惑的問句此起彼落地響起。

蘇染緊急煞住腳步，謹愼地觀察這突如其來的異變。接著她感覺到背後有重量抵上，毋需回頭，她也知道那是蘇冉。

「怎麼了？」

「事情不對勁？」

「對哪邊有利？我們？他們？」

「我猜我們。」

兩姊弟飛快地交換對話。

下一秒，蘇冉也轉過身來，藍眼瞬也不瞬地盯住情況異常的妖怪。

很快地，蘇染和蘇冉便留心到在妖怪的腹部位置，那張嘴巴裡面，似乎隱隱的有著橘光溢出。

「蘇染。」

「蘇冉。」

少年和少女同時握緊刀柄，隨即就像事先達成共識，有志一同地抓準機會，揚起的刀鋒直逼妖怪腹部！

銳器扎入血肉裡的聲音在下一刻清晰響起，蘇染和蘇冉分別將刀刺入妖怪的左腹和右腹，他們一手緊握刀柄，另一手卻是快速探出，揭住了妖怪的嘴巴。

臉頰上的神紋閃現一瞬的紅光，蘇染和蘇冉將那張嘴巴使勁扳扯開。

有什麼自那張大的嘴巴內跌滾了出來。

一開始，織女還反應不過來那是什麼，直到她瞧見那團東西從地面狼狽地抬起頭。

織女驚喜交加地掩住嘴，眼淚幾乎要流了下來，這一次卻不是因爲絕望。

是一刻……從妖怪嘴巴內滾出來的居然是一刻！

白髮少年的模樣狼狽，一手抓著白針，一手還抓著另一條人影。

織女驚喜的眼眸瞠圓成震驚。就算她認不出一刻抓著那人是誰，但那頭顯眼的金髮，只說明了對方只可能是一個身分——

「不、不是吧？江言一⁉」織女不敢置信地驚呼出聲，她作夢也沒想到一刻竟然有辦法將被瘴寄生的宿主強行與瘴分離。

這太令人吃驚了，別說是菜鳥，就算是長期滅瘴的老手也不太可能做到……

「一刻！」不若織女的心思百轉，蘇染和蘇冉的內心只有純粹的狂喜。他們朝自己的朋友各伸出一隻手——蘇染還將一刻抓著的江言一踢到一邊去，好讓自己能握住一刻的左手。

一刻下意識讓兩位朋友拉起，待他站好後，才眞正意識到自己現在已不是在瘴的肚子裡了。還來不及對蘇染他們臉上的紅紋感到詫異，前方的織女猛然發出了一聲短促的尖叫。

「馬上離開那隻瘴！」

什麼？一刻反射性轉頭。他睜大眼，看見失去宿主的瘴竟開始崩解形體。他身上的紅眼睛暗淡了下來，那具龐大漆黑的身體就像爛泥般快速融解，朝著地面啪噠啪噠地滑墜。

就算織女沒有說明為什麼要離開那瘴，見到這情形的一刻等人也明白必須和對方迅速地拉開距離。

一刻沒忘記再扛上江言一，萬一再讓他被呑回去，豈不是白救了？

瘴還在不停地融解，沒一會兒就看不出原來的形態。然而瘴卻沒有消失，他化成了如黑泥般大片黏稠物，開始朝四面八方擴散。

黑泥裡是無數小孩子的臉孔在浮浮沉沉。

一刻等人被逼到幾乎要找不到退路。

「一刻！小染！阿冉！」織女的聲音從上方落下。

一刻這時才發現織女不知何時已浮在半空中。

「往上跳！慢了就要來不及了！」織女又一次大聲喊。

「妳說得簡單！跳上去是當我們會飛嗎？」一刻惱怒地喊回去。就算神力讓他的行動力異於常人，但不代表他就不是人。

「囉嗦，妾身叫你們跳就跳！」織女細眉豎高，童稚的嗓音迸發出不若孩童的魄力，「現在立刻跳！」

或許是那份魄力震懾住所有人，不及細想，在黑泥即將淹到鞋尖前的剎那間，四抹身影全數脫離了地面，躍至高空中。

「線之式之八，蛛網！」

而就在一刻等人的身子往下墜落之際，一道年輕的中性嗓音分毫不差地插了進來。所有人的身體都被一張憑空出現的白色大網從中攔截。

一刻感覺到自己的身體彈震了幾下，這感覺相當熟悉。他鬆開抓著江言一的手，撐起腦袋，先低頭盯著身下的線網好一會，接著再抬起頭。

就在更前端，除了雙手扠腰的織女穩穩當當地浮立著外，還有一抹纖細的身影優雅地踩踏在白網上。一刻認得那張秀麗的臉。

「夏墨河……？」他喃喃地喊出對方的名字，然後他的目光往下移。

一刻的視線凝住了，他懷疑自己是不是看錯地揉揉眼。還是一樣，什麼也沒改變。

夏墨河依舊穿著屬於利英高中的學生制服——和他及蘇冉一樣的制服。

「夏、夏墨河？」一刻的表情像是見鬼了，但也不能怪他露出這種表情，畢竟他從沒想到昨夜穿著高跟涼鞋的長腿正妹現在會穿著他們學校的男生制服站在自己面前，「你是男的⁉」

「白毛阿呆，夏墨河又沒說過自己是女的。」一抹只有巴掌大的人影從上方飛下，背後的翅膀再搧動幾下，恢復人形的喜鵲飛到織女的頭頂上。

一刻的臉色青了又黑，喜鵲這話擺明就是個鐵錚錚的證據。夏墨河居然是男的？還和自己同校……！

「等一下！」一刻猛然想到某件事，他伸指比向夏墨河，「我們學校聽說有一個會穿女裝來上課的……」

「就是夏墨河。」接下這句話的人是蘇染，她讓自己也在線網上站好，「一刻，你曾提過夏墨河的名字，我還以爲你早知道。」

「見鬼的誰會知道！」一刻鐵青著臉，他本來就不是會去在意身邊大小事的人。

「穿女裝純粹是我個人無傷大雅的興趣，有時候也會換回男裝，還請不用在意。」夏墨河輕描淡寫的態度反而給人更震撼的眞實感。他彎起微笑，「蘇染和蘇冉，你們姊弟在利英裡也很有名。但我眞的沒想到，你們也擁有神紋。」

「蘇染？蘇冉？」一刻放棄再去糾結自己同伴是個僞娘的事實，他皺起眉，疑惑又擔心地看向自己的兩位青梅竹馬。

蘇染和蘇冉尚未解釋，他們的體內忽然冒出一縷淡淡的白光。白光繞上他們倆的肩膀，最後化成石獅的模樣。

「那是因爲我跟左邊的借給他們的力量。」趴在蘇染身上的石獅懶懶地開口，嗓音沙啞。

「反正我跟右邊的也撐不了多久，不如就別浪費了。」趴在蘇冉身上的石獅也說，牠的聲音聽起來和牠的同伴無異，「只是沒想到這兩個小娃天生靈力高。」

所有人的視線全落至佔據蘇染他們半邊臉的花紋。

「哇喔！」喜鵲吹了聲口哨，接著又瞄向一刻，她掩著嘴嗤嗤笑起。

一刻哪不知道她在笑什麼，他心情複雜地看著自己的無名指……小成這樣也太悲劇了吧？

「一刻。」織女來到他的身邊，小手一拍，「男人的價值不是取決於大小的，你可是妾身欽點的部下三號，有自信一點。唔……雖然那神紋眞的有夠小耶。」

一刻黑了臉，這到底是鼓勵他還是打擊他？

「那位大人說得好，你可以對自己有自信一點，白毛小娃。」蘇染身上的石獅跳下來，輕巧地踩在線網上。

「吾等可是第一次瞧見有人可以把被瘴寄生的宿主給拉出來。」另一隻石獅也跳下，牠和同伴來到織女身前，對這名不知身分卻擁有極高仙格的小女孩低下頭，表示尊敬之意。

坐在織女頭上的喜鵲臉色微變，驚疑地看向一刻。爲什麼那個菜鳥白毛做得到那種事？

「大人，感謝妳在吾等最難堪的時候，仍願意給予吾等敬意。」兩隻石獅再次伏下頭，然後牠們轉頭，分別看向蘇染和蘇冉。

「人類的孩子，約定達成了。」

「你們借吾等身體，吾等殘餘的力量將直接歸予你們。」

「可以痛毆瘴實在很過癮。」

「我和右邊的難得幹這麼刺激的事。」

「所以，」兩隻分不出差異的石獅同時昂首開口，「吾等要去盡最後的責任了。」

「這是什麼意……」一刻的話才問到一半，下方倏然發出異響。

隔著白網向下看，那片被黑泥侵佔的地面竟開始從中心陷落。塌落的速度越來越快，轉眼間，一刻等人的下方就出現了一個巨大的凹坑，黑泥般的物質全數陷落了下去。

從上往下看，凹坑裡黑漆漆的，彷彿深不可見。可是就在下一瞬間，某種更純粹的黑暗竟如浪潮升湧而起。黑暗裡鑽冒出多張人臉，他們像是想使勁掙脫黑暗的束縛爬出坑洞。

哀號聲、悲鳴聲、尖叫聲，不絕於耳，彷彿在訴說著他們想要出來，他們很快就會出來。

「織女大人。」就算協助織女的時間比一刻長，夏墨河也是初次面對這詭譎的情景。他的手指間纏上線，想要行動，卻又不知道該從何下手。

「別出手，那不是你做得到的事，一刻你也一樣。」織女的小臉嚴肅，烏黑的眸子瞬也不瞬地盯住底下的黑洞，「那不完全是瘴，他和亡靈融合，但現在失去宿主的瘴，在力量上屈居於下，亡靈們的意志已凌駕其上。」

「那是鬼、是鬼，一群巴不得拖其他人一起痛苦的鬼。」喜鵲掩著唇細聲地說，「鎮靈可不是白毛和夏墨河做得到的。」

「那是吾等的工作！」兩隻石獅異口同聲地低哮。

不再解釋，石獅們的前爪刨抓一下，牠們張嘴發出強力的咆哮，身形瞬間如光箭，一左一右地衝出線網，再並行奔至黑洞。

石獅們的身影化成了熾亮的白光，白光衝向黑洞，中心頓時竄出一束光束，直通天際。同時間，黑洞的邊緣開始有什麼冒出來。

紅艷的色彩以一種奇快無比的速度，從四周往中央靠攏。黑暗的面積越變越小，慘號和哀鳴也越來越模糊。

光束的光芒漸漸變淡，當最後一絲白光消失地面上，原本的巨大凹洞也不復存在，其本來的位置上如今被大片紅艷花朵覆蓋住。紅花形如龍爪，姿態妖嬈，卻不見綠葉相伴。

這一切只是短如剎那的事，但對眾人來說彷若長似永恆。

一刻怔怔地望著下方的紅花，四周已尋找不著石獅的蹤影，牠們是真的消失了。

突然，一刻身旁有兩抹身影跪下。

「蘇染？蘇冉？」一刻一驚，他焦急地看著面色忽然轉白的兩位朋友，「怎麼了？你們怎麼了？」

「不……」蘇染蹙起眉宇，「只是，忽然站不穩。」

「跟牠們消失有關，我猜。」蘇冉安靜地說。

「喂，織女！」一刻不肯輕易相信，他緊張地叫著織女的名字，「快過來幫我看一下蘇染他們！」

「眞的不要緊，一刻。」蘇染換氣幾次，語氣重新恢復平穩，「下面的花是曼殊沙華。」

「什麼？」一刻不想被轉移注意力，但他還是低頭看花。他對植物沒研究，他只覺得那花顏色紅得不祥。

「彼岸花、亡者花，傳說可以指引亡者的花。」蘇冉說。

「所以那些鬼已經通通離開了？」一刻鬆口氣。

「不。」有誰這麼說。

「不對。」織女的聲音稚氣而嚴肅。

幾乎就在那兩字落下之際，地面竟是又一次地異變陡生。

鮮紅的彼岸花化爲幻影，地面成了堅硬的水泥地。可是那層水泥地卻蠕動翻湧著，像是有什麼要突破出來。

「那兩隻石獅的力量不夠，沒封好！」喜鵲尖聲大叫。

如同在呼應她的話，無數蒼白的手臂紛紛從地面下鑽冒出來，手指伸展，乍看下竟令人分不出是花是手。

亡靈沒有徹底被鎮封，然而石獅們卻已經消失不復存。

織女咬下嘴唇，迅速地轉頭看向一刻等人。蘇染、蘇冉不行，那力量和她不同；一刻也不行，他的身體真的會崩垮。

最後，織女的目光鎖定在夏墨河身上。

「部下二號，將力量暫時還給妾身！」細眉大眼的小女孩猝然出手，小手抓進夏墨河體內，五指瞬間埋了進去，「其他人小心掉下去！」

夏墨河還未反應過來將要發生何事，體內已經爆發出一陣錐心似的可怕痛楚。那張秀麗的臉乍然轉白，手中白線以及身下線網同時消失。

直到這時，一刻他們才明白為什麼織女會說小心掉下去。

一刻情急之下還記得抓著江言一，他瞥見夏墨河就像失了力氣直直墜下。

「蘇染！」一刻只能高喊離夏墨河最近的蘇染。

藍眼睛的少女自然知道一刻要她做何事，她立刻左手撈抓扯住夏墨河的領子，右手彎刀直刺地面，減緩落地衝力。

沒有多留心一刻等人的情況，織女的手裡抓著一團銀光，緊接著她的身形竟開始改變，從玲瓏轉為修長纖細。

一刻睜大眼，浮立在空中的是一名用任何言語都難以形容的美麗女子。烏黑長髮如綢緞披下，柳眉杏眸裡是翦翦水光，鼻梁挺直，紅潤嘴唇微微張啓，對著掌心中的銀光輕吹口氣。

銀色的光團轉瞬間分散成無數光點，飄飛至那些蒼白的手臂上。

當光點沾至手指，奇異的事發生了。乍時又見地面下飛快竄出同樣無數的細小枝蔓，順著那些冷白色的孩童手臂纏繞而上。

織女的神情寧靜，眼裡映出了很快就讓植物枝蔓纏得緊緊的冷白小手，嘴唇則是喃喃地輕吐出一字：「淨。」

當這個音節逸入空氣之後，所有令人難以辨認的植物瞬間浮現出淡淡的白光。

隨著白光浮現，冷白色手臂卻是形體淡去，逐漸變得透明，而攀附在每一隻手臂上頭的枝蔓赫然開始抽出葉、綻出花。

蒼白的手臂終於消失在空氣中。

而在那些手臂消失後，明明四下沒風，植物頂端的白色花絮卻在瞬間脫離了枝葉。

「那是……」一刻認出那些乍然生長出來的植物，可是他不懂，「蒲公英？」

「沒有見解的笨蛋，連這種事也不知道嗎？」喜鵲飛了下來，站在一刻肩上，「蒲公英又叫鬼燈籠，是專門接引亡者的亡者之燈，織女大人可是在幫你們學校做淨化，順便清掉瘴的最後殘留。」

一刻呆然地將視線望向天空，一朵又一朵的蒲公英朝著天際飄浮而上，隱約能見到微小的光芒在其中閃爍，就像是無數的小小燈籠在天空中升舞，越飄越高、越飄越高。

而在漫天飛舞的白色花絮中，那名美麗的黑髮女子仰著臉，臉上是一種純粹的平靜。

那眞的……是織女嗎？

「可爲什麼……」

「呆瓜，織女大人是因爲……織女大人！」在滿天飄升著蒲公英的空中，喜鵲迷你的身影火速衝了上去，中途化身爲鳥形，及時接住那抹猝然自上方墜下的玲瓏身影。

喜鵲在空中轉了一圈，她的背上載著小女孩模樣的織女。

織女沒有動靜，似乎昏了過去。

「白毛！」喜鵲高喊，「鬼沒了，剩下的你們自己處理！我要先帶織女大人去休息！」

「什……等一下！那其他的幾個傢伙怎麼辦？林槐、江言一，他們知道瘴！還有那個看見瘴的警衛！」

「誰管你啊！」喜鵲說到做到，拋下這句話之後，她便拍動翅膀，消失在夜空裡。

「喜鵲！」一刻要追已是來不及。

「一般人會忘記的，宮一刻同學。」夏墨河摀著頭慢慢坐起，織女取走的神力已經歸還至他體內，「瘴消滅了，看見的人自然也不會記得。而被瘴寄生過的人，有的會忘記，有的會……」

「記得清清楚楚。」那是不屬於夏墨河的冷淡男聲。

一刻尋聲低下頭，發現躺在他身邊的金髮少年已睜開了眼。

「雖然我很想忘記那些愚蠢的事。」江言一直直地望著夜空，「宮一刻，你知道我在說哪個。」

「我看你是很想被我揍到什麼事也記不得了吧？」一刻眼神凶狠，手指折得卡卡作響。

「一刻，恐怕現在不是你揍人的時候，下次我可以幫你。」蘇冉搭上一刻的臂膀，視線卻注視著另一個方向。就算四周已沒有亡靈的聲音，但他的耳力還是極佳，一般的聲音也能清晰捕捉，「有人靠近。」

有人靠近？誰？一刻的心頭一凜，正想問出口，遠處已經傳來一聲驚叫。

「這……這些窗戶是怎麼回事？爲什麼全碎了個精光！」

不用猜，一刻也知道那人口中的「窗戶」，指的是哪裡的窗戶。

靠！社團教室！

「一刻同學，我想我們最好立刻離開。」夏墨河迅速站起，「那是學校警衛。」

一刻重重地彈了下舌，他快速地和蘇染、蘇冉交換一記眼色。不管有什麼原因，萬一讓那名警衛發現他們，鐵定吃不完兜著走。他可不想揹上破壞校舍的罪名——雖然就某方面而言，責任間接算是在他身上。

「一刻。」

「一刻。」

「走。」

蘇染和蘇冉臉上的花紋淡去，手中的彎刀也隱匿不見。

一刻點點頭，舉步就要走，不過他頓了一下步伐，然後伸手將猶躺在地上的江言一猛力扯起。那毫不控制的力道，讓江言一只覺得肩膀快脫臼了。他的眼神竄起危險，卻沒想到會在接下來聽見一句：「你先到我家，你那副樣子回家也麻煩吧？」

江言一低頭看了自己弄髒加上破損的衣服。他獨居在外，就算缺條胳膊、斷條腿地回去，也不會有誰在意。他覺得就算這樣回去也無所謂，但他不知道自己是怎麼了，竟點頭，說——

「好。」

尾　聲

夏墨河出校園時，就和一刻他們告別了。

一刻和蘇染他們的家不同方向，一刻本來要他們趕緊回去，但是蘇氏姊弟堅持要送他回家才肯離開。

對於兩位青梅竹馬的要求，一刻向來難以拒絕。他咕噥著自己可不是三歲小孩，卻還是讓他們陪同。

在學校裡經歷過一番折騰，當一刻回到自己家門前的時候，已經十一點多了。

「你們要不要乾脆也住在我家？」一刻瞄了手機上的時間，眉頭皺起，「阿姨那邊我再打電話。」

「好。」蘇染和蘇冉幾乎瞬間馬上回答，可很快地，他們互望了一眼，搖搖頭。

「不，會增加莉奈姊的麻煩。」蘇染說。

「你的房間塞不下我們。」蘇冉說。

江言一瞥了這對雙胞胎一眼。敢情他們是打算只睡宮一刻的房間？

「還是等之後吧，一刻。」蘇染微笑，她從口袋取出眼鏡戴上。

「我們先回去了。」蘇冉掏出耳機，重新掛上。

「啊，路上小心一點。」見狀，一刻也不強留。和蘇染、蘇冉道別後，他轉身面對自家大門，他深吸一口氣，彷彿即將面對屋內什麼恐怖的毒蛇猛獸。

「你也會有怕的東西？」江言一挑眉嘲笑，「宮一刻，你家養怪物嗎？」

「得了吧，莉奈姊比什麼怪物都可怕。」一刻沒心情搭理，他拿出鑰匙，打開大門。接著在江言一沒防備的時候，猛然將他推了進去，同時對著屋內大喊，「莉奈姊，我回來了！」

「宮一刻，你他媽的搞什麼鬼？」江言一被這一推弄得火氣全上來了，他差點站不穩。可是當他打算厲視身後的罪魁禍首時，客廳裡忽然乒乒乓乓地衝出一抹身影，雙臂一展，大力地抱緊住江言一。

「小一刻！你怎麼這麼晚才回來？」

江言一根本不知道發生什麼事，就被抱得險些無法呼吸。柔軟又充滿彈性的女性軀體貼靠在他身上，特有的馨香充斥鼻間。

彷彿沒察覺到自己抱住的身體倏然僵直，宮莉奈將臉貼著對方，嗅了嗅，忍不住狐疑地抬起頭。

「有菸味，小一刻你偷偷抽……啊咧？」宮莉奈睜圓眼睛，這才發現自己抱住的是一名陌生的金髮少年，「不是小一刻？」

「妳的堂弟在這裡，莉奈姊。」一刻脫下鞋子，踩上玄關，有些同情地看著遭受熊抱攻擊的江言一，「妳快放開無辜受害者，那是我朋友，今晚先睡我們這。」

「喔喔！小一刻的朋友嗎？當然歡迎！」宮莉奈鬆開手，露出熱情的笑容，「啊，不過你有抽菸對吧？聽姊姊的話，把它戒了對身體才好。」

說著，宮莉奈伸手拍拍江言一的頭，隨後將注意力放至自己堂弟身上。

扯了好一堆的理由，一刻才總算含糊帶過自己晚歸的事。目送宮莉奈又乒乒乓乓地跑回客廳，說是要準備點心招待客人，一刻揉揉後頸，疲憊地吐出一口氣。

「喂，江言一，進去吧。」一刻拍了下江言一的肩膀，後者不動。

「江言一？」一刻納悶地轉到江言一面前，發現他目光發直地盯著宮莉奈消失的方向，

「你是看莉奈姊看傻了嗎？」

一刻這句話本來只是隨口取笑，他作夢也沒想到金髮少年居然紅了臉。

這下傻住的人換成一刻了。

靠靠靠，真的還假的!?

下一秒，江言一猛然扯住一刻的衣領，「宮一刻，你姊有男朋友嗎？單身嗎？」

「她沒……不是吧，你真的想追莉奈姊嗎？」一刻不敢相信地壓低聲音。

江言一的視線越過一刻，飛往客廳。

一刻發誓，這才是他活了這些年來見過的最不可思議的事。他扯住江言一的手臂，將人抓往客廳。

「江言一，你看清楚了，莉奈姊可是三十歲了！」一刻大手一指，忙著翻找點心的宮莉奈

抬起頭。

「小一刻，我才二十九歲又十一個月又三十一天！」宮莉奈抗議。

「而且她還有辦法將屋子弄得這麼亂！」一刻無視，繼續苦口婆心地勸阻著，隨即他才意識到一件事，他迅速回頭，臉色鐵青地瞪著又變得一團糟的客廳，「宮莉奈……我早上出門前根本就不是這德性吧！」

「我也不知道為什麼會變成這樣呢。」宮莉奈無辜地笑。

一刻頓覺理智斷裂，他撲上前，用手臂勒住自己的堂姊。

「哇！小一刻，手下留情啦！」宮莉奈求饒。

兩人扭成一團。

江言一彷彿沒看見地上的垃圾，他盯著宮莉奈微紅的臉頰、明亮的眼睛、還有那生動飛揚的神采。

他喃喃地說，「出淤泥而不染……」

一刻的耳朵尖，自從被織女救回後，耳力更是提升。他聽見江言一的話，不禁目瞪口呆，這傢伙是眼睛脫窗，還是被瘴寄身時撞到腦袋了？

可是下一秒，他猛然頓悟了。自己不是要把莉奈姊推銷出去嗎？眼下不就有一個現成的送上門了？

一刻簡直想大聲叫好，他迅速放開宮莉奈，改抓住江言一，三步併作兩步地跑上樓，衝回自己的房間。

房間門一關，一刻馬上決定要來好好地審問一下對方的資格。

「江言一，要是你真對莉奈姊有意思，接下來的問題都給老子老實回答。先把身家背景報上來再說！」

江言一回過神，發現自己被抓來一個粉紅色的房間……粉紅色的房間？

到處都是粉嫩氣息的房間，令這名少年幾乎要感到驚悚了，可是他的注意力隨即又被一刻的問題拉過去。

他在一個粉紅色的房間裡……隨便，反正那一點也不重要了。

「江言一，十七歲，利英高中二年級，無不良嗜好……」

《織女・百瘴之夜》完

後記

感謝各位將《織女》第一集閱讀完畢，這裡是第一次嘗試現代奇幻的琉璃。因爲是初次嘗試這樣的類型，所以有些地方可能不太成熟，還希望大家多多包涵。

在嘗試《織女》之前，平時接觸的都是架空異世界，這次將場景移到現代，剛開始在架設上就碰到了不少問題，像是場景的拿捏，還有打鬥手法該如何展現等等（掩面）。不過幸好有編輯從旁指導，讓這個故事能夠順利地進行下去。

雖然說是現代故事，不過對於魔法之類的東西還是缺乏抵抗力，因此在主角們和怪物打鬥的時候，還是忍不住將一些魔法的要素添加了進去。沒辦法，我最喜歡華麗的畫面了……（喂）

當初在知道繪者是夜風大之後就非常高興，這是和她的第二次合作了。夜風大總是可以準確地把我想像中的角色表現出來，不管是一刻、織女、喜鵲還是雙子，都讓人覺得太棒了！

第一集的故事基本上是圍著我們的主角宮一刻在跑，但是等到後面，就會大幅地增加尤里和夏墨河的戲分。畢竟他們兩位是織女的部下一號和部下二號，可以說是一刻的前輩啊。

接下來織女和她的部下一號、二號、三號又會發生什麼事？碰上什麼樣的瘴？還請大家期待後面的發展。

最後要說的是，很開心有機會能夠在魔豆出書，再一次感謝編輯的細心指導，還有蓋亞辦公室附近的下午茶店眞的很讚！（拖走）

醉琉璃

國家圖書館出版品預行編目資料

織女.卷一，百瘴之夜 / 醉琉璃 著.
——初版. ——台北市： 魔豆文化，2011.5
面； 公分.
ISBN 978-986-87140-0-7（平裝）

857.7 100005584

fresh FS010

織女 vol.1 百瘴之夜

作者 / 醉琉璃
插畫 / 夜風 封面設計 / 克里斯
出版社 / 魔豆文化有限公司
地址◎ 台北市103承德路二段75巷35號1樓
電話◎（02）25585438 傳眞◎（02）25585439
部落格◎ gaeabooks.pixnet.net/blog
臉書◎ www.facebook.com/Gaeabooks
電子信箱◎ gaea@gaeabooks.com.tw
投稿信箱◎ editor@gaeabooks.com.tw
郵撥帳號◎ 19769541 戶名：蓋亞文化有限公司
發行 / 蓋亞文化有限公司
法律顧問 / 宇達經貿法律事務所
總經銷 / 聯合發行股份有限公司
地址◎ 新北市新店區寶橋路二三五巷六弄六號二樓
電話◎（02）29178022 傳眞◎（02）29156275
港澳地區 / 一代匯集
地址◎ 九龍旺角塘尾道64號龍駒企業大廈10樓B&D室
電話◎（852）2783-8102 傳眞◎（852）2396-0050
初版七刷 / 2020年4月
定價 / 新台幣 199 元
Printed in Taiwan

ISBN / 978-986-87140-0-7

魔豆

魔豆